少女的祈禱

陳雪

生命的傷口是無法癒合的。我們不斷描述它們，期望能夠建造一個故事，藉由故事來將它徹底弄清楚。

——馬塞爾・普魯斯特

推薦序

浮華與腐朽的失樂園

房慧真

敘事的位移是必然的——過去從來就不是固定休止的景觀，而是再視。不管願意與否，我們都是螺旋行進，從過往創建新物。

——王鷗行《此生，你我皆短暫燦爛》

故事以田園牧歌般的場景開頭：「我們是住在一個竹林圍繞的小聚落裡的五口之家，父親是木匠，母親是裁縫，爺爺種田，奶奶在編織草帽，傍晚時煙囪炊煙裊裊，在外頭田野裡玩耍的我，聞到飯菜香就知道要回家吃飯。」

在前現代的「樂園」，竹林圍起的小世界裡，三代同堂、男耕女織、雞犬相聞、自給自足，關於一個和樂家庭的所有條件皆完備，圓滿地就像天上的一輪明月。既然有「樂園」，隨之而來的就是「失樂園」，滿月映進水盆，晃蕩搖曳，呈現不規則的變形，隨時可伸手打破、絞碎。父母投資失利導致破產，家庭瞬間分崩離析。

在一個十歲孩子的眼中，母親離家不知去向，父親終日在外奔忙擺攤營生，就地放養三個頭蝨兒，三姐弟有一餐沒一餐，從寧馨兒倒退回文明邊緣的幼獸，匍匐求生。

我輩孤雛、漂浪之女、夜市人生……類似這樣的「情節」，在陳雪早期的小說作品裡時常作為背景的鋪墊。《少女的祈禱》是陳雪少見的散文作品，近年來散文化的小說，以及試圖虛構的散文，早已讓這兩種文類的邊界互相滲透。看小說家「閒筆」寫散文，總是別有興味，散文是作為一獨立個體？或者是為了被寫入小說而準備的片段，可視為前往小說之途的「半成品」？《少女的祈禱》是帶有小說感的散文作品，往往以說故事當引擎啟動，起飛之時，能營造出「類小說」的幻術時刻。我們能說陳雪的小說皆為虛構，散文皆視為真實，這樣截然斷開的分判嗎？以美國作家菲利普．羅斯為例，他的小說有個「羅斯系列」，裡頭的主角都叫做菲利普．羅斯，和作者的年齡相當、職業遭遇以及社會地位都相同。當小說家極其難得地寫出一本關於父親的「紀實」非虛構作品《Patrimony：A True Story》，書評家提醒讀者，「True Story」裡的作者像一條滑溜的蛇藏閃得厲害，草灰蛇線的蹤跡不易發覺。小說家筆下散文的文類曖昧性，用陳雪自己的話來說：「它可能來自於真實，來自於夢，可能來自於想像。」「構思想像、筆記殘稿，以及夢境，全都雜揉在一起。」書中穿插的三篇〈夢途中〉是真實與虛構之間的隘口，在散文集裡有種跨越陰陽兩界的過渡效果。

《少女的祈禱》的主旋律，是摧毀樂園的颶風般的狂暴力量，是如一顆巨大隕石撞擊進來的八〇年代。一九七〇年出生的陳雪，一九八〇年正是十歲，小學四年級。那是臺灣錢從腳目淹到喉頭的年代，六〇年代從進口替代轉為出口導向，標誌著從此離農從工，臺灣進入工商業時代，設置加工出口區、啟動石化重工業，七〇年代推動高科技產業及十大建設，一路厚實累積到了八〇年代，創造七百億的外匯存底。一九八六解嚴前一年，在鹿港發生反杜邦運動，股票剛突破一千點，此時的經濟連同頻繁的街頭抗爭一起噴發，從一九八六到一九九〇短短五年間股市從千點衝上萬點，地下經濟大家樂也活絡，飛上雲端也頃刻跌入地獄，八〇年代的鴻源投資公司標榜四分利，發錢的時候一籃一籃的現金搬到現場，每月按時發放，很是壯觀，鴻源案爆發時受害者十六萬人，損失近千億元。還有五鬼搬運掏空的十信案，受害者十萬人以上，六十多家中小企業面臨破產。

書中寫到夜市的商家泡膨風茶給客人喝，泡的不是茶葉，而是茶枝。膨風的八〇年代，消風時就有人跌下來，那是木匠爸爸與裁縫媽媽，學得一身好手藝，自貧瘠的農家脫身，安分守己也能度過波瀾不驚的一生。在那個慾望隨著經濟不斷膨脹的年代，亟欲翻身者很難不自動走入圈套，勤奮的父親賺錢買地蓋透天厝，一家五口不必再蝸居於老舊破陋的三合院，夢想之屋落成亦是幻滅之時。天花板雕上木刻裝飾，其下吊掛著一座水晶燈閃耀著，大人們的聚會小孩被趕到門外，孩子看見桌上有難得成套的宴客餐具，「那材質我說不上來，不是純白也不是米白，一種帶著溫潤光澤，偏灰，卻閃著光的質地。」曖曖內含光，有什麼說不出的邪惡正蠢動萌芽，敏感早熟的孩子事後回想，那大概就是破產的前兆。

小說家復刻場景的能力令人驚嘆，像照相機般的瞬間記憶能力，陳雪有一雙令人羨慕的眼睛，「那時沒近視，世界明亮清澈，過眼不忘。」這雙眼睛在《少女的祈禱》裡不是她習用的寫小說全知的上帝視角，而是一雙人類學家的眼睛，喧囂熱鬧的八〇年代成了陳雪的絕佳田野，她在其中採集素材，除了以擅長的說故事能力驅動，將萬花筒下繽紛的舊世界細筆描繪、拓樸出來，亦見功力。

〈紅樓夢與十二軍刀〉是書中令人印象深刻的一篇，寫盡八〇年代的浮華與哀傷，在花團錦簇的繁華盡頭已顯衰敗，就像「紅樓夢」的寓意，那不只是日後讀中文系的長女將會熟悉的經典文學作品，在這裡，是離家母親上班的所在。紅樓夢裡沒有大觀園只有失樂園，令孩子陌生的脂粉氣味，濃妝豔抹的母親，與假日才回來服裝店幫忙叫賣，洗盡鉛華的母親十分不同。八〇年代彷彿人人口袋裡都有滿溢出來的金錢，破產後父親來到夜市賣衣服還債，生意強強滾，商家惡性競爭，母親把在酒店結識的結拜兄弟們—潭子十二軍刀請回來，幫忙圍事。母親在臺中的生活習氣氳氤裊裊如影隨形：私人賭場、賭博電玩、黑道圍事、一清專案、豬哥亮、許不了的餐廳秀，還有木瓜秀、脫衣舞、噴乾冰的水果船、聖代冰淇淋……睜著晶亮眼睛的孩子宛如劉姥姥進大觀園，盡是些從前鄉村經驗無法覆蓋的新奇事物。時代揮霍得流出油汁，孩子們被十二軍刀叔叔們帶去逛百貨公司看餐廳秀吃滋滋冒煙的牛排，稍微「窮困」的時候，母親和阿姨們叫排骨便當回來吃，總不忘給小費，晝伏夜出的小姐日上三竿仍沒食慾，排骨往往咬不了幾口就丟給寵物狗吃，餘裕的剩餘仍是富足。小姐們合租的房子二十四小時麻將桌上人流不息，桌上仍是大量且剩餘的雞腳香腸滷味，鋪滿了一桌，鋪張揚厲是時代風格，孩子隱隱聞到食物臭酸味，與阿姨們的香水也無法掩蓋住的腥味，象徵關係的混亂。誇富宴的背面是女孩跟著父親來早市擺攤，看到一個紅白條紋的塑膠袋飛了起來，像斷線的風箏，吸引著女孩，「我想去追那個袋子，就小跑了幾步，鼻腔裡都是蔬菜魚肉的味道，過午了，生鮮變成腥腐，刺激著我的味覺，感覺那逐漸變質的氣味寫盡了生命的艱難與人世的蒼涼。」

〈流浪者之歌〉寫的是九〇年代一夕之間拔營就走的流浪夜市，像費里尼電影中的流浪馬戲團，只是這回把債幾乎還清的父親、從酒店返家的從良母親、考上國立大學的優秀長女，以及懵懂家中變故而平安長大的弟妹，顯得「正常」多了。作者再度發揮精細準確的復刻能力，從流動夜市洞悉人性的攤位路線配置寫起，遍及擺攤人家群像，那都是和父母親一樣在八〇年代泡沫經濟的浪頭衝浪不成，在海面上載浮載沉的人們，時而聚集時而流散。在夜市賣女性內衣的外省老兵、為娘家哥哥作保背債的女性、還有鞋廠小開，到外地設廠被朋友蒙騙，賠了上千萬，到夜市擺攤賣自家的庫存鞋。八〇年代的十二軍刀與十二金釵紛紛退潮，再也不聯絡，「我們不拍照，不祭祖，不回憶，不留戀，我們把所有可以記錄往事，留存回憶的東西全都丟棄，我們用一種彷彿將時光與記憶消弭的方式，神奇地，隱匿了那中間近乎五年的時光。」五年在焦頭爛額忙著工作還債的成年人時間裡只是一瞬，對略知人事、敏感早熟的孩子彷彿一生，「我在十來歲的時候就已經老去了。」女孩大學畢業，在父親友人的公司當寄賣手錶的業務員，房子裡無數支手錶的聲音滴答滴達，催促快一點快一點，寫作的時間則在沙漏中不斷流逝，父親心一橫標會頂下來開了公司，少女差點也踏入八〇年代不斷輪迴的膨脹坍陷的負債陷阱，在夢裡吶喊：「我不要。我說。聲音低啞得幾乎無法辨認。我長大了，我在寫作，我不要賣衣服。」

停！齒輪卡住、輪迴打斷，「有一個小屋，和一個露臺，養一隻貓。我要從早到晚寫小說，要看著夕陽落下，要趕著最後一點天光把句子寫出來。」作為陳雪多年的朋友，我知道「少女的祈禱」已經實現，卻不是終點，陳雪依然在路上，踽踽前進，祝福她寫作的時光綿長久遠。

（本文作者為作家）

推薦語

不管是小說或散文，陳雪的創作有種迷魅的氣息，令人忍不住閱讀下去，想要沉浸其中，那些細節與結構，熨貼著讀者心靈，也撩動著隱隱的不安。

——張曼娟

每個創作者心底都有一座迷宮，所有的書寫都是為了找到出口。《少女的祈禱》真摯記述迷走軌跡，以無比的耐性嘗試企及迷宮核心——那麼，陳雪找到迷宮的出口了嗎？這個問題，我沒有答案。可以確知的是，全書縱橫來去的迷走軌跡，宛如筆畫一筆一筆地勾勒了作家陳雪的誕生，其坦白誠懇令人折服，其迷惘痛苦使人揪心。《少女的祈禱》作為一道敞開的迷宮入口，毫無疑問是認識陳雪不可繞過的一部散文集。

——楊双子

臺灣的市場夜市給人的印象多半是新鮮實惠，充滿美食小吃，生猛而有力的喊賣，平價而實惠的享受，所有人都負擔得起，能夠在裡面滿足生活的需求。只是對於夜市裡的人來說，如何在其中「補貨」，用一臺車打包所有家當，盡力地求取空間，撐起一個家，卻很難描述那裡的人情世故，那種期待著孩子可以離開市場，卻又在我成年以後，工作求職不順時，跟我說「乾脆回來擺個攤，賣點小東西」的關心和提醒。

讀完這本書以後，我不知道怎麼描述，但我覺得自己的心裡被塞得滿滿的，想起好多好多人，好多好多過去看過的場景，而且開始懷念起自己還小的時候。

我覺得這本書很好，好像把我拉回一段一段過去在市場裡面，什麼都懵懵懂懂，在攤位上晃頭晃腦的時光。

——林立青

有沒有貼在門板偷聽的經驗？有沒有貼在門板講話給別人聽的經驗？作者與讀者之間隔了道多厚的門，在雙方不同的聽覺與話語之間，完全不能交流的經驗有好些，但陳雪輕聲對著門板說，清楚猶如耳語。我在她的世界遊迴，家族、愛情、寫作三者交錯乘以自己與陳雪，不斷疑問又共感地不斷解答。作為讀者的我與陳雪的那道門，只有耳膜的厚度，或說，只剩我的耳膜與輕如雪聲的悄悄話，卻清楚入心。

——林楷倫

目錄

輯二

輯三

輯四

序曲

迴旋曲

那兩日，他們五人在酒店某一層樓的會議室，持續著上午至下午連續四場共七個小時漫長的座談。深圳，豪華客房玻璃窗外可見矗立的高樓群塊，建築之間裸出的天空顏色灰藍，目前對他們而言還只經歷過從機場到酒店的嚴重塞車，從酒店房間走到各個樓層吃飯或開會，看不出這個城市的具體面貌。

她將於下午一點半在這場座談發言十分鐘。只有十分鐘。

「今天我要說一個故事，它可能來自於真實，來自於夢，可能來自於想像，可能來自於我自己寫作某一個小說片段，也可能是某一個未被寫入小說卻是為了寫作而準備的片段。」她已無法分辨此事來源，寫作二十年，人生經歷、完成作品、構思想像、筆記殘稿，以及夢境，全都揉雜在一起。她說。

臺下黑壓壓的，樣版而正式的會議中段，昏沉的下午時光，大家繼續發表討論著「城市文學」種種，她感覺緊張，但不知自己發抖了沒，即使有，也是無法察覺的，這樣的開始是不是令人感到突兀？她是否應該照稿演出，如其他人那樣。

然而自從住進這家酒店，每天幾次從電梯走出往回自己房間，就會迷失在那如迷宮般的走道，她在迷途間推翻自己的講稿，決定丟掉沉甸甸的嚴肅講稿，簡單說個故事。

「小時候，父親是個木匠，母親在工廠為人煮飯，我們是個鄉下竹圍聚落裡的五口之家，剛從老家分出來，擁有了自己的小小透天厝。」

時間因素，她像簡報似地盡量縮短語句。

「十歲那年父母與朋友投資失利，破產倒債，母親因此離家到城市裡工作還債，我們姐弟三人與父親繼續住在那個竹圍裡，半年後有天從鄰居姐姐家收到母親的來信。」

「母親在信中寫著抱歉與思念，請原諒媽媽有不得已的苦衷等等，幾個月的音訊全無換來一封信，信末寫著一個地址，交待如何搭乘交通工具，母親請求我帶著弟弟妹妹到臺中市區與她見面。」

她開始對臺下觀眾比手畫腳描繪那路線的複雜，「從竹圍到達臺中，交通不便路途遙遠，得先走二十分鐘林間小路到街上等公車，街上到豐原鎮的公車一天才四班，三十分鐘車程，到了豐原還得換一班到臺中市的公車，再搭四十分鐘。母親交待得十分仔細，他們相約在北屯區一個路口的公車站牌下。」

多年來累積的經驗，她仍然無法在演說時全然忘我，她總會留意到臺下有人眼光飄散，低頭看書，或起身離開。然而這次她盡可能不分心，她謹慎揀選字眼，卻又讓故事恣意流出。只有十分鐘。

「母親可能已經等候許久，變了模樣的母親，離家前還是長直髮梳攏耳後，瓜子臉瞇瞇眼，隨時都帶著歉意只好自嘲地微笑，母親生就一張美麗而哀愁的臉，然而在公車站牌下迎接我們的，是一個陌生人，或者說，那是已經變裝過的母親，眼睛明顯動過雙眼皮手術，頭髮染成淺金褐色，吹得又蓬又捲的法拉頭，穿著一襲鵝黃色洋裝，誇張的墊肩將她的身材比例如同臉上的妝容，都變成電視上走出來的人物。只有母親開心地抱起年幼的弟弟時，那一抹哀愁的微笑依然如舊。」

時間分秒流逝，她得製造出魔術。身為寫作者的她喜歡這種說故事的「一次性」，即興演出裡不能修改，經常會隨著聽眾的表情反應而改變節奏，劇情轉彎。非常想要記住的事她喜歡對誰說出來，說的過程，故事會被「他人」影響，無論更接近或遠離事實都無妨，像拾荒一般沿途撿拾可用的語句，亦像做夢，上一句還說著，後面的字句已經塞車，自動填補了敘事上的空洞，更像是偵探，一個腦子說，另一個腦子被各種方式激發著，一句一句舀出在記憶折縫裡的畫面，這些全部都在極短的時間內發生，一次性。

「母親帶我們搭上計程車，穿過曲折街道，來到一個大建築物前，門前招牌寫著『敬華飯店』四個大字，這是從鄉村竹圍出來的人沒見識過的東西，門前鋪著紅色地毯，穿著制服的男士為我們開車門，飯店正門是淺茶色的玻璃。當玻璃門隨著人們走進而緩緩往兩邊退開，我們仨小孩都發出唔，一聲低呼。母親輕聲笑說，別怕，這是電動門。」

她確實看見了那個招牌嗎？敬華飯店這個名稱會不會是後來她與男友約會休息的地方，或者是某一次悲傷幽暗的逃亡中，獨自的居所？或者，年輕時在藝品店上班每日都要經過的路途，她會在飯店附近買早點。茶色的玻璃是夢裡時常出現的，電動門，一直都代表著鄉村孩童的某種城市經驗。

「我們仨都非常乖靜，緊跟著母親移動，飯店大廳寬敞，頂上有巨大的水晶燈，長櫃檯後幾個制服人員，母親對他們點點頭，我們就繼續往內走，走進一個母親說『這是電梯』的東西裡面，可以感覺到機械振動，車廂往上升，噹的聲音，門就打開，母親帶我們走出車廂，腳下又是暗紅地毯，軟而沉，會把腳步聲全吸走，直到一個房門口，母親按門鈴，門打開，喧鬧聲音像轉開電視那樣湧出來。」

她似乎聽見那突然湧現的聲音再次湧入她的耳朵，過了幾分鐘呢？時間還夠嗎？觀眾的耐性還在嗎？她瞥見同團的作家朋友，沒戴眼鏡看不見對方的表情。

「那是一間寬敞的房間，後來我知道那就是所謂的雙拼式套房，附有客廳，兩房，中間有門連接，可以關上或打開相通。屋裡都是人。喧鬧的聲音來自於電視、牌桌，連同母親在內共有四女四男，一張桌打麻將，另一桌打撲克牌，母親帶我們到電視前的長沙發，給了我們汽水跟餅乾，媽媽說她等一下就過來，說完就走向打麻將那桌，有人起身讓位給她。」

「電視播放著卡通，汽水是橘子口味，餅乾則是圓筒狀的洋芋片，上面有很多橘色的粉末，吃起來鹹鹹的。屋裡除了各種聲響，就是氣味，茶几上的滷味、魷魚絲、瓜子、沒吃完的便當、牌桌上的啤酒罐、花生殼，以及幾乎人手一支香菸熏繞，有人吃檳榔，女人的脂粉、香水，或體味，空氣濃稠近乎凍狀，各種氣味的懸浮粒子在飄，弟弟妹妹投入於卡通的情節，我只是四處張望。」

「那是個美麗又醜陋的地方，美麗在於柔軟的地毯，白色的化妝檯，華貴的吸頂燈，在於媽媽與其他阿姨臉上的妝容，醜陋在於凌亂與腥臭。」

「然而終於見到媽媽了啊，信件裡簡單語句寫著令人心碎文字的母親，消失後又復出的她，陌生而熟悉的她，自摸！我聽見母親大喊，然後走到我們身畔，一一摸摸我們的頭髮，又回到牌桌。」

她側著頭，感覺時間的流逝，得講快一點了。

「門鈴響，有人開門，走進來三個男人，西裝筆挺，油頭淨臉，身量都高大的中年男子，男人們一進屋，桌上的遊戲就都靜止了，母親將我們三人帶起，交給我一疊百元鈔票，慎重地說，帶弟妹下樓去吃牛排，在櫃檯旁邊的西餐廳，可以打電動玩具，媽媽忙完就去接你們。」

「我們穿過門口時經過西裝男人身旁，有濃重的古龍水氣味。」

她想起這座酒店的電梯，大廳入乘處有四座電梯，她總記不得從不同方位電梯出來，距離房間的方向就會改變，於是總在電梯與走道間迷路。

「我們出了門不遠就看見電梯，車廂門開，進入，門關，下樓，一切十分自然，我對於會操作這樣新穎的器械感到自豪，大廳右側果然有一個西餐部，我們點了一客牛排，三杯可樂，冰淇淋，桌面乍看是深褐色玻璃，按下右下方按扭，桌面燈光亮起，出現遊戲檯面，是小蜜蜂和小精靈。」

「東西都吃完，遊戲也玩過幾盤，弟妹毫不厭倦地投下一枚枚硬幣，我突然感覺不安，超過一個小時，或者更久，但母親卻沒有來。」

「我把電動關掉，說，我們回去了，弟弟似乎想反抗，但又被我的嚴肅嚇住，我到餐廳櫃檯付錢，拉著他們就進電梯，穿過櫃檯時感覺有奇異的眼光注視著我們，電梯門關上我腦中突然一黑，完了。」

「我根本不記得母親是住在幾樓，幾號房。」

「因為緊張我隨意按下了六樓，希望電梯快點啟動，電梯緩緩上升，我持續思考，但不可能想起來，我記得全部的細節，母親如何到公車站牌接我們，計程車在街道上的穿行，下車，進大廳，跟櫃檯的人微笑，進電梯，出電梯，按門鈴，氣味聲音嘩地湧出來。」

「我全部記得。唯獨遺漏了最關鍵的，幾樓幾號房。」

說到此處，她感覺臺下有人倒吸了一口氣，擔憂，幾乎是集體的。沒有人恍神。

「電梯依舊上升，我懊悔了，覺得應該立刻下樓回到餐廳等待，但因為驕傲與恐懼，我無法承受再一次穿過櫃檯時，那些人的注目，他們一定知道我們是沒有人要的孩子吧，衣著破舊，舉止僵硬，或許頭髮也不夠乾淨。」

「突然電梯門打開了。」

說到此她竟有暈眩感，臺下的緊張持續升高，會議室的冷氣似乎不那麼冷了，有人開始出汗。

「我們走，我對弟弟妹妹說，我們去找媽媽。他們永遠是乖順的樣子，電梯門外依然是鋪設暗紅色地毯的長長走道，奇怪地不見半個人影，遠遠望去，走道兩側相對稱是一個一個不斷向前延伸的白色房門，牆上每隔一段距離就會有幅裝在木框裡的複製油畫，框中的風景看來每幅不同，卻也極度相似的風景畫，如那些不斷自我複製的房間，無窮盡似地，令人目眩。我看見每個門板上都有個金屬圓牌，寫著數字，但我不記得母親的金屬牌子上寫著什麼？」

她稍作停頓，但只半秒鐘。可以感受到聽眾因為期待而豎起耳朵，這是故事裡最美好的時刻了。

她繼續開口，不急促，不拖拉，她想好這是個整整十分鐘就可以展現的演出，但在心裡卻爬行許久，內在的時鐘果然比言語的時鐘快速太多，臺下這些人對她來說重要嗎？

要耐心描繪出場景，創造結界。

「我沒對弟妹們說明，他們也只是傻傻跟我走，我決心一樓一樓找，我想要憑自己的記憶將母親的房間找出來。」她記得那長廊，無論是夢中或想像，現實裡她時常在這樣的旅館或飯店或酒店長廊裡，或寒酸或高雅或奢華的地毯觸感掠過她的身體，她時常慌張地走著，無論多少次都無法習慣。

「每到一個房間，我就把耳朵貼近房門，傾聽、聞嗅，我太記得母親那房間的氣味了，洶湧的聲音與氣味不可能被牆壁與房門遮蓋，一定會有些許洩漏，只要一丁點，我就能聽聞出來。」

「悠悠遠遠啊，人的記憶力比自己能想像得到的還要龐雜，我們一間一間房地走過，這棟大樓彷彿淨空了，除去空調裡不斷重複的消毒水與某種芳香劑，再無其他了，難道這是一座在我們吃牛排時已被整個搬空的旅館嗎？或者是在我們搖動滑桿叮叮噹噹隨著小精靈追逐吃食著那些電子圖案時，移形換影地整座旅館置換成別的某種東西？」

「或者這是鄉間午後漫長地思念母親而起的一個夢，夢得太真了，以至於我們一起出現在這個夢中的旅館？」

「但那時於我一切都是真的，太逼真了。我執拗地深入記憶裡，企圖回憶出一切，我想起母親的房間是從電梯出來右手邊往前走，不會超過五六間吧，母親帶我們靠向右側走道邊，停在一個門前，舉起右手，按下門板右邊、在門把旁的電鈴，我想起一定不是六樓，那麼是五樓或七樓呢？三樓或九樓？最高就到九樓了，我想起電梯裡的數字沒有四。到底該往上或往下？或者從二樓開始找起？閉上眼隨便挑個數字，敲門？我想起當初按下六是因為我生日在六月，對六這個數字情有獨鍾，那麼我也可以選擇三樓，因為我是三號出生的。但我依然帶著弟妹匆快地穿過走道憑著直覺往樓梯間上走，到了七樓。」

「路途顛倒了，我們從最靠近樓梯的房間一間一間找起，我繼續貼著房門，示意弟弟別說話，房內似乎有些聲音，電視節目，人們談話，或者當時的我不應該明白但卻明白的，男女歡愛的呻吟，遙遠模糊地，像是內部的房間有幾十公尺遠那樣，像將聲量轉得極小的深夜廣播，幾乎是一種嗡嗚。」

「在倉亂的步行中，弟弟幾次要哭起來了，我用手摀住他，恫嚇說如果有人突然發現了我們，就會被帶到警局，會永遠與父親母親分開，再也沒有人可以找到我們了。雖是恫嚇，但我自己深陷這驚恐念頭，除了繼續尋找，沒有其他辦法。」

「所有的感官都動員起來，我望著那幾十個白色房門，幾乎可以透視，但我知道那些內容都相同的房間裡，沒有我母親。母親在這棟建築裡被消蝕在上百個白色房間中的其中一間，我必須找出來。」

「我記得那房間的全貌，兩個相連的臥室，母親的床單是翠綠色，床罩滾著白色的蕾絲，高高的彈簧床超過我的腰，兩個枕頭中間有一顆心型抱枕，枕上有舒服的絨毛，玩具似地，床組與梳妝檯都是白綠相間，有很多抽屜，地毯不是起初我以為的磚紅色，而應該是駝色短毛，我穿著飯店的白色拖鞋，因我記起那白色與駝色相間的色塊。往記憶更深處，打麻將那個桌子是飯桌，鋪著麻將紙，牌尺是綠色的，打撲克牌的是大茶几，電視鑲在一個木頭酒櫃牆裡，沙發也是綠色的，塑膠皮，我記得也有抱枕，粉紅色的，圓形與方形各一個，棉布材質。」

「我記得太多事物了，我們前方的小茶几堆著零錢、長壽香菸、報紙、空便當、四色牌做成的小圓筒、筒裡插著剪刀、原子筆、牌尺，我記得母親說這是小雨阿姨，那是莎莉阿姨，這是阿強叔叔，她快速地介紹那些短暫回過頭看我們，又回頭繼續打牌或翻麻將的男女，但那每一張臉，只要他們出現在這個空曠的走道我必然認出。」她納悶自己為何能自信說出，當時沒近視，世界明亮清澈，過眼不忘，現在她連自己的老朋友都認不得了，怎麼走回酒店房間也不認得路。

「我凝視著那些房門上的圓牌裡的數字，0712、0714，在這些無窮盡的四個數字組合裡就藏有一組打開我母親房門的號碼，但無論我記得什麼細節，這關鍵的數字卻是我遺漏的，當時我甚至沒想過去看一眼小圓牌。」

「我們如在沙漠裡行走，對於周遭的安靜空無感到安心又疲憊，腦子像被用力擠壓，要擠出任何蛛絲馬跡卻已經再也榨不出東西了，我開始想像，把這一天的遭遇一次一次倒帶重播，像有強迫症般繼續偷聽這個樓層的每個房間。」

「就在路的盡頭，或許還有幾間在前方吧，總之，突然有個房門打開了。」

「三個黑西裝高大男人走出來，身旁站著我母親，母親送客到門口，男人背對著我們，漫步走向電梯，門開，他們消失不見。」正確說來那到底是三個或四個男人，是穿著昂貴的西裝或者只是普通的打扮，在她的記憶或故事裡，三人，黑西裝，已經成為必要的符碼。

「母親轉過身來，發現什麼似地衝著我們喊，跑哪去了？快過來啊？」

她記得母親那恍然大悟的臉，也記得那其中帶有一點詭譎，心虛嗎？懊悔嗎？或者只是因為妝容開始剝落了。

「我們又被帶進那個房間，一樣地，從開門的剎那就充滿噪音與刺鼻的氣味，打麻將一桌，打撲克牌一桌，電視機還開著，卡通依然播放，我們被帶到那個沙發，是駝色的，絨布材質，地毯是紅磚色。」

「弟妹像上了發條般，一到電視機前面立刻聚精會神，母親過來摸摸我們的頭髮，拉拉領子，咕噥了句，應該帶你們去百貨公司買衣服。我發現她身上換了睡衣，是那種叫人臉紅，接近絲質的貼身睡袍，胸口交叉，露出雪白前胸，身上香氣四溢，是此前沒有的。」

「母親又回到麻將那桌，有人站起身來讓她坐。我像跑了一千公尺那麼疲憊，癱軟在沙發上，我倔強地忍住眼淚，沒有人發現剛才那幾十分鐘裡，我們或者我自己的遭遇，但我忽然感到安心，又驟然覺得絕望，我永遠會是那個知道一切卻又不能說出來的孩子嗎？那一年許多事件的發生，其詭異處都在那太像夢了，無論是家中破產，母親失蹤，或者我們這般與母親在這陌生的飯店房間裡，怪異地重逢，我們三人，確實都是被遺棄的孩子了，我悲悽地想著。後來成年的我，於是做著一種工作，叫做寫小說，但事實上，我只是重複那個下午旅館走道長廊上的發生，就是那將耳朵貼在門板，企圖動用經驗、想像、幻覺、記憶，將隱藏在看似一模一樣，永無止盡的白色房門內，其中一個母親的房間尋找出來。」

「如果沒有，那麼，我就自己創造出一間來。」

「我說完了。謝謝大家。」

輯一

第一章
牧歌

我的手機裡存有一張父母的結婚照片，那是我妹妹從嘉義外婆家牆上掛著的家族照片裡翻拍而來，老舊的黑白照片中穿著簡單白紗的母親與穿著黑西裝的父親，兩旁是穿著黑色衣褲的爺爺奶奶，奶奶臉方眼深，爺爺面黑乾瘦，他們背後是一間看起來非常矮小的屋子，黑色的屋簷低垂，大門敞開，內廳暗暗的。母親長得秀美，白紗造型簡單典雅，表情拘謹羞怯，我父親穿著土氣的西裝，表情嚴肅，照片中爺爺奶奶的衣著破舊與表情黯然以及他們身後那顫巍巍的破屋子，這張照片完全感覺不出結婚的喜慶，整個照片裡連一個囍字或紅色的東西也沒有，好像就是勉為其難地被叫到門口拍照，立刻就要離開，等會還有很多農務要忙。

那是我第一次看見我父母年輕時的照片，照片裡的老家寒酸破舊，爺爺奶奶愁眉不展，以及我父親那麼年輕卻一臉陰鬱的神情，讓我好像一下子就了解了某些我一直不解的謎，是啊，我出生於一個貧窮的家庭，被富有的地主收養的我祖父，只分得幾分土地與一間小小的破舊三合院，奶奶生養了十多個孩子，最後五男兩女倖存，最小的兒子與老大之間差了二十歲。養大一群孩子榨乾了我爺爺奶奶所有的青春。

我母親結婚時還不滿十八歲，肚子裡懷著我，當時父親年方二十歲，當他把已經懷孕的母親第一次帶回老家見父母時，媽媽因為看到家裡的破舊以及家中人口眾多，想到嫁入陳家後的生活，嚇得躲在廁所哭了，但畢竟肚子裡已經有了我，況且我父母是自由戀愛，彼此都有非對方不可的強烈意願。經商的外公外婆曾跟母親勸說不要嫁入我們家，怕母親無法適應務農的生活，外婆已經找人安排要將我生下後送到育幼院，母親以死相逼，最後才成了這件婚事。我因早產出生，奶奶聽說要住保溫箱花大錢，就說女孩命不值錢，要讓我自生自滅，還是外公外婆出錢，讓我住保溫箱，花費大筆醫藥費才救活了我。多年後我從母親斷斷續續的描述中，感覺到她想要告訴我的是，我差一點就會生長在育幼院，以及她是多麼愛我父親，這兩件事。

尚未看到那張結婚照之前，我沒有清楚意識過我的父系家族是如此地貧窮，在我的記憶裡，十歲之前是我人生最甜蜜靜好的時光。我們是住在一個竹林圍繞的小聚落裡的五口之家，父親是木匠，母親是裁縫，爺爺種田，奶奶在編織草帽，傍晚時煙囪炊煙裊裊，在外頭田野裡玩耍的我，聞到飯菜香就知道要回家吃飯。那彷彿牧歌田園的景像，藍天綠水，牛隻穿梭在水田間，天空會飛舞著蜻蜓，孩子們在空地上跳橡皮筋，玩紙牌，打陀螺，彷彿會聽見隔壁孩子唸著唐詩三百，仔細一聽才發現那是從收音機裡傳來的朗讀聲。天空一定是藍色的，各種層次的藍不斷變換，然後會有各種形狀的白雲緩緩飄過，那時候屋後的水溝清澈，可以用來洗衣服、抓小魚，那時竹林茂盛，偶爾會垂下大蛇青竹絲。那時，有個賣叭哺冰淇淋的小販，就是我的堂伯，他每天出攤前，會把小三輪車騎到空地上，各家的小孩都齊聚在小車旁，等著先玩一輪射飛鏢，射中天霸王會得到最大的一支三球的冰淇淋……

我記憶裡，應該是那樣的田園時光啊！在一切悲傷尚未來臨之前，溪水清澈，有魚游蕩，田地間還有個池塘，水牛喜歡在那兒洗澡，廟埕前會有搬戲慶神的布袋戲團，孩子們得拿板凳去占位置，一個不留神就要跟鄰村的孩子打架。村裡長者開著貨車帶著我們所有孩子喜氣洋洋地第一次要去看電影，孩子們坐在車斗上，沿街唱歌，我們要去的是清泉崗空軍基地，「看電影」到底是什麼東西我們都不知道，可是在顛簸的貨車車斗上，十來個孩子已經興奮得喊叫起來，一個未知的，據說是像魔術那樣的世界即將到來，我彷彿還記得我的內心有一種歡聲，已經從嘴角洋溢而出，變成一群小孩在黑夜裡齊聲的歌唱。

然後時間快轉，人生如電影一幕一幕飛馳而過，我漸漸看到了那個田園牧歌的變色，炊煙彷彿變成了某種儀式，把屋子熏黑了，三合院隨著歲月增長感覺越來越矮小，紅磚裡頭原來是土角，那個房子隨時都可能崩塌。

然後歌聲間歇，有些細碎的嗚咽聲，隨風飄搖變得更細碎，幾乎碎成片狀了，飄散在空氣裡的耳語，隨著山村的風吹起來，漫過田野，穿過竹林，飛馳在車輪下，車輪滾動，往城市滑行，有些什麼被載走了，遠去了，消逝了，再也不會回來了。

第二章

寶藍色的夜

冬天夜晚的鬧市攤位上，因為突然的冬雨把客人都驅散了，這是個生意不好的夜晚，父親趕緊收攤，以免衣物被雨打溼。木匠出身的父親，做任何事都有匠人的講究，攤位的擺設與貨車的車斗內容配置，總是整齊有致。他會用木工製作一些收納的格子與掛東西的架子，他把茶葉罐子拿來放電燈泡與電線，就不怕燈泡打破。大雨也不能打亂他的規矩。所有衣物逐一擺放平整，幾百件衣服鋪滿了三輪車的後車斗，父親要我們躺在衣服上頭，然後他展開一張超大的帆布將孩子與車裡的貨物都包裹起來，只留了側邊一些小洞作為氣孔，車斗頓時陷入漆黑，接下來的事我全憑感覺與猜想。

父親必然是坐上了三輪車的前座，所謂的三輪貨車，也就是半截摩托車車頭接上半截鐵製車斗，摩托車頭上方有架設一個遮雨板，周圍垂下透明塑膠布。但行進中那塊板子與塑膠布隨著風雨飄動，起不了什麼擋風雨的作用，大雨還是會打溼父親的身體。我聽見父親發動摩托車噗噗噗的聲音，然後車子啟動，緩慢向前，我們的身體也隨著車身移動震動了一下，因為身體下頭就是用塑膠袋包好的衣服，身體摩擦著塑膠袋，會發出窸窣聲，雨打在帆布上，滴滴答答，我想雨應該變小了，雨聲變得如同琴音，滴，答，滴，滴，答，我的手指在黑暗中輕輕敲動，啟動腦中旋律來驅散內心的不安。我怕黑，怕封閉環境，平時陪父親收攤回家，總是痛苦地度過這四十分鐘車程。我繼續敲打手指，在塑膠紙上發出ㄘㄘ的聲音，這時聽見妹妹跟弟弟說話，那時弟弟還沒上小學，卻很喜歡聽相聲錄音帶，他們倆在背誦某個好笑的段子，弟弟輕聲笑了。

我可以想見外邊風景，從豐原鬧區到我們住的山村，父親總是走那條最筆直的路，因為路上有他喜歡的地點，賣骨董的攤位、賣金魚的店家、音響店，以及吃消夜的清粥小菜，還有某些可能只有他心裡才知道的特殊地點。他日日走這條路，白天時我們從山村出發，夜裡就從市區返回，往返於這條街。

小小的車斗就是我們的家，弟弟跟妹妹不知道是不是有種捉迷藏的心理，在黑暗中玩了起來，孩子的笑語刻意壓得低低的，像是祕密。而我們躲在車斗裡也是祕密，不只是為了躲雨，父親說，後座是不能載人的，警察看見要罰。其實我知道父親更怕的是他根本沒駕照，年輕時因同伴誤觸未爆彈被炸傷了眼睛的他，幾次考駕照都沒有通過。但開三輪車是合法的，只是若後座又載了三個孩子，警察難免還是要上來查問一番。父親對警察有本能的反感，因我們之前未有攤位，都是做流動攤販，成天被警察開單，若能減少與警察碰面的機會，自然要避免。

路很寬敞，中間有分隔島，我猜想那條路是許多鄉鎮通往市區的必經道路，所以道路兩邊有很多商店，離開市區的邊界，有一座天橋矗立，那對我而言極其神祕。高高的橋在天頂上，有許多人在上頭走，因為我們總是開車經過，很少上去那座橋，也不知橋的用途，但其中一個出口下方，有一座餐廳，那個餐廳有兩層樓，照今天的說法就是美食街，但那時誰會有這種概念呢？兩層樓有四五家餐廳，要吃什麼就到某個櫃位去點餐，然後拿到中央的座位區吃飯，那時這簡直是太驚人的點子了，父親帶我們去過一次，我還記得我們點的是蛋包飯，那對我們來說也是不可思議的食物，看起來是個蛋包，叉子戳開，裡面番茄醬口味的炒飯就跑出來了，我總是一下一下地用叉子去戳它，喜歡看米飯一點一點露出來，我再一口一口用湯匙舀來吃，一小口飯裡有青豆仁、紅蘿蔔、小蝦仁，我想還有什麼呢？再吃一口，出現了火腿片。

美食餐廳我們只去過那麼一次，當時父親預言：「餐廳開在這種地方一定會倒。」我問父親為什麼，他說：「這種地點只有開車的司機會吃，但司機看到這麼大的餐廳，會以為很貴，根本不會走進來的。」

後來那個餐廳真的歇業了，很長的時間，那個頂讓的布條一直掛著，布條底端的繩子脫落了，「頂讓」這兩字隨風飄蕩，有時會看成「丁言」，於我而言彷彿是一個密語。

雨又落下來了，我想起父親在前座，必然已經被四裡濺入的雨水打溼，他的視力不佳，視物本就吃力，大雨裡恐怕更吃力了，我想父親應該穿著雨衣吧，但臉上都是雨水，他有時會用袖子去擦臉，以防雨水瀰漫了眼睛。

雨勢間歇。

這暴雨彷彿有節奏似地，一陣急一陣緩，弟弟妹妹好像什麼也沒聽見，他們此刻玩的是故事接龍。

我聽見父親的聲音。

「阿龍仔啊，這裡是你最喜歡的骨董店。」父親喊著弟弟的名字。我可不記得弟弟最喜歡骨董店，因每回到了這裡時，弟弟早就睡熟了。我想父親的意思應該是指，上回父親從骨董店標回了一箱玩具車，那才是弟弟最喜歡的。

車斗突然微微彈跳，我知道，這一帶正在維修道路。

「阿文，金魚店到了。」父親又喊。文文是我妹妹。

養魚的小店，店面雖小，各色魚種應有盡有，以前父親常會到那兒去看魚，妹妹阿文確實是喜歡魚的。父親看上的是一種全身閃光的魚，叫做紅龍，據說價格非常貴，父親每次去到魚店，總是要在紅龍的魚櫃子前站上好久。

然後經過一個小轉彎，感覺到車身的尾勁，父親開車極慢，但車斗太重了，感覺每個轉彎都有翻覆的可能。

父親應該是下車去買消夜了。清粥小菜的店，開到凌晨，是屬於夜歸人的店。節省的父親會為我們買一些粥、蔥蛋、地瓜葉、紅燒豆腐、醃瓜。有時生意好才會加菜，改成蚵仔煎蛋，豪氣一點，還會點上一盤紅燒肉。

父親又上了車。

車子繼續往前。

路面變得平順，我依然聽見塑膠袋的聲音。妹妹又做了一個塑膠枕頭，讓弟弟枕著睡，那窸窣聲音在我腦子裡會形成一種記憶的回流，在各種窸窣聲中，我們又回到了批發大拍賣的場子上，母親不在場的時候，沉默的父親獨自一人搬貨，上架，我們小孩會被要求在攤位前假裝客人，因為沒有人會去光顧沒客人的攤位，即使是小孩也是人氣。

然後七八點鐘，客人慢慢湧進來了。

人多的時候，我就要上臺幫忙，收錢找錢，或者吆喝。

那於我是極恐怖的時刻，站在臺上，眼前是黑壓壓的人群，不知道他們要往何處去，你得用一種聲音，用幾個詞語，像叫魂那樣把他們喚過來，因為唯有如此，我們才能把堆積如山的衣物賣掉，才可以賺錢還債。母親只有在週六日才會回來幫忙，其他日子我得爭氣點，為不擅言詞的父親招攬客人。

我總帶著這些太過敏感細膩的思慮，回想著母親平時是用什麼樣的幻術，令那群一直往前推擠的顧客突然轉向，走進我們的攤子呢？我模仿著母親，但總覺得不像，可是一個單薄瘦小的女孩站在那臺上，光禿禿的電燈泡映照著她的臉，她顯得瘦弱可憐，她扯著嗓子，喊著些「大特價，大拍賣，不買你會後悔喔。」「俗賣啦，

俗賣啦，一件一百九兩件三百五，買到賺到。」「老闆跑路，倉庫失火，打折打到骨折。」這些女孩自己都不甚了解意義的話語經過麥克風轉化，好像變成了咒語，真的令人群轉彎，湧進了我們家的攤位。

又是一陣顛簸，我想，已經來到社口了。

「這裡是犁記喔，今年中秋節爸爸再去排隊買月餅給你們吃。」

跟我猜測的差不多，這個地區也老是在修理路面，而路邊就有一家每到中秋節就會排隊排好幾天的犁記餅店，我們家不過節，但中秋節父親會去排隊買母親最愛吃的犁記月餅，我們也有口福。

那時我突然理解了，父親在前座喊著那些地名，是擔心黑暗中的我們會害怕。我內心感到一種奇異的感覺在身體漫開，父親話少，但如今與我們有一段距離，臉上被雨打溼，拚了命想要睜大雙眼，澄清視力的他，突然變得像媽媽，饒舌地一一為我們指出回家的路已經到達了什麼地方。

我是個不會哭的孩子，但內心被一種比淚水更可怕的東西占滿，淒風苦雨中，車斗內是溫暖近乎炎熱的，小小的通風口並不透風，我熱得敞開胸口，感覺到心臟跳得很快。就像我在臺上叫賣時，我的臉總是紅通通的，因為我得壓抑多大的羞恥感，才有辦法站到臺上，拿起對我而言過重過大的麥克風，腰上纏著布袋子，我使勁背著臺詞如彆腳的喜劇演員，我叫賣因為我想要賺錢，我想要快點讓我們家能還清債務，媽媽才可以回家。

為了平息內心湧動的感覺，我望著距離不到十公分的那片帆布，父親以這塊帆布籠罩我們，以免我們外露。這一塊帆布防警察、躲風雨，我察覺車斗裡的黑，不是全然的黑，而是一種寶藍色的黑暗，在暗中透著很深很深的藍，彷彿光已經貼在帆布上，只等待一個恰當的時機就要透露進來，把黑暗點亮。我凝視著那片寶藍色的黑暗，又感覺那顏色其實是深紫色，它以一種奇異的方式，沿著市街，沿著縣道，沿著路燈，沿著霓虹燈，或者路過的車頭燈，那黑暗不斷變換著顏色，但卻始終被黑色纏繞，那些顏色無法穿透黑暗，只能將黑暗變形，寶藍，深紫，靛青，墨綠，霧藍，絳紫，然後又回到深深深黑。

「再十分鐘就到家了。」我發現父親已不再呼喊弟妹的名字，我知道後半段是說給我聽的，或許是說給他自己聽的。或許，在許多個我們也沒有跟去的夜市攤位上，他都是一邊自言自語一邊騎著三輪車回家的。我又驚恐起來，堅強的父親，一天只睡三四小時的父親，永遠在路上、在攤位上、在各種買貨賣貨，搬貨運貨的路途中的父親，即使被破產襲擊，即使母親離家，兩人假離婚，即使仍必須住在四周都是債主的山村裡，能每天挺直腰桿，繼續做生意的父親，是不是也有著心慌的時刻，他那些彷彿囈語的報路聲，會不會根本只是要說給自己聽的。

我想起一次我們全家到東勢菜市場賣衣服，那個場子是早上四點就得到的，因為五點後車子根本開不進去。而前一天我們從豐原收攤回家已經接近深夜一點鐘了，我們每個月初三、十七在東勢菜市場，每個週末在鹿港菜市場都有攤位，而每天晚上在豐原也有夜市攤位的。我父親全年無休，每月還有六天的早市，只要有早市的日子他就會失眠，他因擔憂睡過頭而失眠，夜裡幾乎只是打個盹，就得起床。菜市場一早上可以做五六萬生意，對父親來說，犧牲睡眠根本不算什麼，我們在幾個小時內賣掉幾百套衣服，嗓子喊到沙啞，包貨收錢收到手軟，之後收攤，再開五十分鐘的車回家，路上大人小孩都睡翻了，一向充當爸爸的指路人的媽媽也睡著了，只有會失眠的父親與我還醒著，我突然看見父親用手掌輕輕搧著臉頰讓自己清醒，他可能打瞌睡了，我趕緊跟他說話。我問父親，這裡是哪了啊？父親當時就是用那樣近乎自言自語的語調對我說：「這就是那個賣蛋包飯的大餐廳啊。」

我緊縮的心臟好像更縮緊了。

我幾乎可以聞到田野的氣味，我聞到竹林的味道，或者那些都是錯覺，可是父親說：「穿過竹林就回家了。」

那片竹林是我最愛也最怕的，因為無論到哪去，只要想離開山村，就得經過竹林。道路未整建前，那一片竹林充滿了鄉野傳說，各種想像得到的鬼都可能出現在竹林裡，可是一旦離開了家，要回家前，也必須穿過那片神祕的竹林。

穿過竹林就到家了。

可是我害怕回家。

車子會先轉下一個斜坡，再穿過一片我們山村的小竹林，進入刻有穎川堂的山村族長的大戶人家空地，轉彎，經過刻有石敢當的石頭，進入小巷，就來到了我們的家。

因為族長的倉庫不久前被偷，我們家門前才剛裝好一個路燈。父親停好車，我聽見他的腳步聲，他鬆開扣著帆布的皮帶，嘩地把整片帆布掀開，各種顏色的黑暗都退去了，街燈下的老家門前亮亮的，大門緊閉，我們會從側門進入。有一小片空地就是爸爸停車的地方。

到家了。

有一種黑暗，是在黑暗退盡，光明來到之後才到達的黑，它不屬於肉眼可見的範圍，它屬於一種被生活摧折已近絕望，卻又還懷抱著一點點希望的人。

我們脫離了那個黑暗的車斗，離開了冬夜的寒雨，回到了所謂溫暖的家。但一進入家門，流理檯上還擺著滿槽沒洗的碗盤，沿著樓梯拾級而上都是玩具，到了二樓，到處都是衣服、書本、玩具，滿地的雜亂，那是一個沒有妻子，沒有母親，沒有秩序的家。

那是我渴望抵達，卻又害怕回去的地方。

第三章

梅花座

童年時，家裡遭到巨變，母親到城市工作，父親忙於謀生還債。有一段日子，我們三個孩子幾乎是在鄉下的透天厝裡自生自滅，我不知道爸媽去了何處，何時會回家。

他們有時會突然回家，買了好多東西給我們，零食玩具衣服好多好多，是百貨公司裡新奇又有趣的物品。有時他們好久不回家，也沒有給我聯絡的方法，感覺他們像是遺忘了我們，像是永遠不會回來了。父親出門前遞給我一些錢，要我照顧弟弟妹妹，有一次錢都用完卻遲遲不見他們返家，我陷入了極度的恐慌，不知接下來如何度日，只好跑去隔壁跟奶奶求援。此後他們只要一出門，我就會開始焦慮他們何時才會回家，手上僅有的錢變得極其珍貴，我會緊攢著那小筆錢，規畫每日的用度。可是我還那麼小，根本不知道該如何節省開銷，對於生活我理解得很少，那時弟弟還沒上學，我跟妹妹讀小學，午餐都在學校外的麵店打發，我總是吃陽春麵加滷蛋，妹妹也跟我吃一樣，有時看到別人吃肉羹麵，會羨慕得不得了，妹妹則是想吃麵店旁邊的芋頭冰，或者買一塊紅豆餅，小時候的她就嗜甜，只要有甜食吃，不吃飯也不要緊。

我讀小四，已經上全天班，同學都會帶便當，我時常要負責去蒸飯間抬便當，看到別人父母準備的飯盒，又是一陣羨慕。但羨慕是一回事，現實是一回事，我依然天天去吃陽春麵，吃得飢腸轆轆，吃得營養不良。我真的忘了還沒上學的弟弟怎麼過活，或許因為他還小，反而有人照顧，街坊的阿姨、住隔壁的嬸嬸，都很疼愛弟弟。弟弟不敢去上幼稚園，發育得又很慢，個頭小，性格呆，一張俊臉有點女孩氣。我們不在家時，弟弟會自己在透天厝的二樓房間玩遊戲，有次我們下課回家，發現他用晒衣繩把自己綑住了，半天都不能掙脫。後來只要我們上學去，我就把弟弟帶到隔壁嬸嬸家，那時嬸嬸剛嫁進我們家門，還沒生孩子，她把弟弟當作自己的孩子，很是疼愛。

放學後，我會等傍晚的菜攤來村子裡賣菜。我學隔壁的大人買一斤豬肉，買一把空心菜，買一些雞蛋，回家就做蛋炒飯，水煮空心菜湯，豬肉用熱水川燙，切片做成白切肉。我幾乎每天都做這幾道菜，因為我也不會做其他料理。弟弟妹妹總是吃得很香，或許也因為沒其他可選擇吧。

弟弟夜裡常哭醒，我們三人都睡在二樓的大床上，我們睡的大床是媽媽的嫁妝，有一個巨大的床邊櫃，裡面可以置放棉被。蓋上蓋子，有一片鏡子，鏡子上還貼著紅色的龍鳳剪紙，顏色都退淡了。二樓很寬敞，沒有隔間，偌大床鋪以外，就是客廳，父親親自訂製的音響，四聲道喇叭，真空管收音機，還有黑膠唱盤。我記得父親還在家時，時常擺弄那些唱片，其實就十來張唱片，鳳飛飛、洪一峰、洪榮宏、鄧麗君，這幾個人就占了好多張。還有上面寫著英文看不懂的唱片，每一張我都很熟悉，但父母不在家時，我從不敢把黑膠拿出來聽，巨大的唱機、喇叭、擴大機，這一群神秘難懂的機器，安放在客廳的酒櫃底下，旁邊還有唱片專屬的位置。我記得以前爸爸教我播放唱片，他會小心將唱片取出，還會用一種清潔劑跟軟布去擦拭，聽唱片的時候，父親的神情會變得很專注，因為眼睛受傷，他的聽力似乎比一般人還要好，他細心調整音響，總是會問媽媽：「這樣聽起來怎麼樣？」媽媽喜歡唱歌聽音樂，卻對爸爸的音響不感興趣。我自小音感好，爸爸便來問我：「這樣聽起來怎麼樣？」「高音是不是比較醇厚？」其實我並不太懂，但也努力想分辨高音低音如何表現。那時節，我們還未負債，父親是三伯父的木器行裡最好的木工師傅，那時生活好像還有點餘裕，可以讓他收藏唱片、玩賞音響，櫃子裡那一張一張精美的唱片，彷彿記錄著我們家曾經美好的時光。

家裡沒大人，我們幾個孩子把屋子弄得好亂好亂，到處都是衣服、玩具、書本，我不懂得如何收拾房間，也不會做家事，記憶裡小我四歲的妹妹好像還比較會理家。

成年後每次回想那段時光，我總是不知道自己身在何方，那些畫面裡有各種人事物，就是沒有我自己。我應當要做功課，但我沒有書桌，我應該想要出去玩，我是個很皮的小孩，總愛跟男生玩在一起，所以我應該都在外頭野吧，可是我出了門，誰要照顧我弟弟呢？弟弟好像總是被嬸嬸抱著，快要上學的年紀，還像三歲小孩，說話不清楚，樣子很呆萌，嬸嬸似乎把弟弟也當作三歲小孩疼愛，使他發育得更加緩慢。

妹妹是跟屁蟲，我去哪她都跟著，那時她好矮小。小我四歲的她才剛上小學，可我總是帶她跟男生去樹林裡抓蛇，她常嚇得大哭，我們就恫嚇她，說下次不帶她出來玩。她噙著眼淚，小小胖胖的身體跟在我們後頭，一定怕得不得了。我是大姐，應該姐代母職，可是我很野，待不住家，我喜歡跟男生去抓蛇，爬樹，打架，走很遠的小路去鄰村跟別人搶戲臺下的位置，兩村子的小孩鬥毆，我會被分配到年齡比我小的男孩，我給他一拳，他給我一掌，那些鬥毆好像一點也不具傷害力，就是圖個好玩。

再野也得吃飯，天黑了，我不甘心地回到家，扮演小媽媽的角色照顧家人。我掄起鍋鏟，又是千篇一律白切肉、炒空心菜，吃得我自己都怕了。後來就煎荷包蛋，加上豬油拌飯，再後來隔壁姐姐教我煎蔥蛋、蔥炒肉片，什麼都用蔥來做。我手不巧，做什麼都不好吃，就是圖個不餓而已。

有一日我照例炊煮晚餐，炒了菜，煎了蛋，白飯已經在鍋裡煮好，只剩鍋裡煮著的三層肉，水滾肉熟切一切沾點醬油就可以開飯。我趕緊到隔壁奶奶家把正在看電視的弟弟妹妹叫回來，我一進屋，電視正播著卡通，我就看了起來，回過神來是因為隔壁的大伯甩了我一巴掌：「妳是怎麼煮飯，煮到火燒厝？」他把我拉回家，我才想起那鍋水煮肉，鍋子已經燒穿，把流理檯牆壁都燒黑了。那晚我整夜在刷洗鍋具，可是已經燒壞的瓦斯爐架子根本不能補救，牆上黑黑的痕跡看來驚心動魄。夜裡我抱著必然會挨打的心情瑟縮著上床，聽到爸爸開車回到家，我們家一進門就是廚房，想必他已經看到燒黑燒壞的廚具、穿孔的鍋子，我趕緊跑下樓，看見爸爸站在流理檯前發呆。

我站在樓梯間不敢動，爸爸突然轉頭過來看我，他輕聲叫我，我說，對不起，是我忘了關火。他說，沒關係，沒關係，他垂下頭，我看見他用手抹過眼睛，彷彿是在哭。

可是時間到了，他依然要出門去。久而久之，又把我們遺忘在村子裡。

扮家家酒似的生活一日過一日，有天，我們長頭蝨了，三個孩子都有。我到學校去，被老師發現長頭蝨，老師下了命令，要我剪短髮，還被換到教室最後頭的座位，因為「頭蝨會傳染」，沒有人敢跟我玩。

長頭蝨太痛苦了，就是癢，癢得想哭，抓破皮也沒用，隔壁的堂姐幫我把頭髮剪短，短得像男孩，說這樣頭蝨才沒地方藏，妹妹也剪了短髮，弟弟索性剃光頭。我還記得頭蝨的模樣，近看非常恐怖，可是我們總是去抓，我幫妹妹抓，妹妹幫我抓，抓，抓住了就扔在水裡，一隻一隻黑黑的小東西，有時我會用指甲去壓，聽見啵地一聲，非常爽快。

治療頭蝨的藥是白色粉末，均勻撒在頭皮上，再用一種很細的篦梳去梳頭，把頭蝨慢慢梳下來，這是得很耐心去做的活，可是我總沒有耐心，所以就由隔壁的堂姐來幫忙。有頭蝨的日子，在學校會被欺負，我索性就請假了，在屋裡跟妹妹互抓頭蝨，過著野生小動物般的生活。

走了頭蝨，來了芥癬，我完全不知道那是因為屋裡衛生不好造成，還是因為村子裡流行，芥癬是比頭蝨更難纏的東西，奇癢無比，癢得人把皮都要抓破了，而且模樣很恐怖，身上一塊一塊的斑痕，就像癩痢。自從長了頭蝨，又生了芥癬，我在學校的處境從優等生完全降級為劣等生。班導師打聽到我們家沒有父母，又把我加上了「野孩子」的名號，那時芥癬大流行，老師把我跟幾個也長頭蝨跟芥癬的學生排成梅花座。那個梅花座裡安排的都是老師最討厭的學生，有唇顎裂的阿勇、智能不足的菜頭，還有父親去世，母親有點瘋癲的阿梅，以及總是考最後一名，長得很胖的肥肥，最後加入的是我。我因為跟阿梅常在一起，她很快就被我傳染了頭蝨，我們不但座位被隔離，班上出去遠足，我們也被安排在最後的位置，與其他人遠遠隔開兩排。以前我不論多麼愛玩，功課總在前三名，媽媽離家後，我為了好強，更是努力爭取一二名，還被選為副班長，可是等到我被打入梅花座，功課再好也沒用了。

放逐邊陲的日子，起初我很憤怒，到後來反而覺得輕鬆。我們這幾個邊緣人，誰也不會傷害誰，老師講課大家聽不懂，我還會在課後幫他們補習，我身上芥癬發作了，抓得全身發紅，也不怕人笑我了，因為我總是跟這群瘋瘋癲癲的人在一起，我好像得以融入怪胎之中，變得透明。

爺爺奶奶發現我們三個孩子長了芥癬，非常煩愁，爺爺帶我們去街上的老診所看病，醫生開了一種藥水，要我們在浴缸裡浸泡。父母離家後，浴缸早就堆滿雜物，姑姑幫我們把浴缸清乾淨，放了熱水，打開藥粉泡入水中，那種藥粉是黃色的，瀰漫著硫磺味，我們三個嚇得不得了，都不肯下水，是姑姑三令五申，把我們押進浴池裡，姑姑還找來一些小玩具，放進浴池裡。我記得那天，是下午時刻，天氣溫暖，池水很熱，我們光著身體，浸泡水中，被硫磺味熏得暈呼呼的，但身體很快就不癢了。我們三小孩玩得不亦樂乎，等到起身時，手指都發皺了。

硫磺藥水泡過幾次後，芥癬就痊癒了。

那個夏天特別煩憂，走了頭蝨，來了芥癬，治好了芥癬，卻發了水痘。

最先發作的是我妹妹，她在學校被傳染，不多久就傳給了我，然後是我弟弟。

水痘長滿了全頭臉身體，異常可怕，那時我覺得自己已經沒救了，我好不容易才脫離梅花座回到原位，跟我同桌的男生很快就被我傳染，聽說得水痘可能會死掉，班上沒有人再跟我說話，老師下令要我們回家休息，等好了再上學。

我記得一天下午，爺爺牽著腳踏車，車後座坐著我弟弟，我跟妹妹用走的，我們一行四人，從家裡走路到街上，又是去那家診所看病。可是那一段熟悉的路，我們走了好久好久，一路上都是蟬鳴，路樹開花，風景很美，可是我們內心好像有一種濃得快要暈開的恐懼跟悲傷。我看見爺爺皺著臉，要我們小心路上的車，我聽見爺爺咕噥著，抱怨我父親拋下孩子不知去哪了。那一天從爺爺的神情裡我特別感覺到我們像孤兒，感到被遺棄的悲哀。長滿水痘的我們，在大熱天的路上走著，都發著高燒，世界看起來很朦朧。我在想，我們有沒有可能死掉，一想到有一點可能，我害怕得不得了，我拉緊妹妹的手，看她燒紅的臉，瞇瞇的小眼睛特別像遠行的媽媽，弟弟長得清秀，鼻子很高挺，嘴巴小巧，也像媽媽，我覺得自己長得醜怪，誰都不像。

走進診所裡，醫院好陰涼，藥水的味道刺鼻，卻給人安心的感覺。我被護士打了針，還在揉著臂膀，趁著大人不注意，又四下逛了起來。我走進醫院長廊裡，走到了一個小房間，房間陰暗，四下無人，我忍不住好奇，走了進去。一座大大的架子上有好多玻璃罐，我走近一看，罐子裡有很多泡著藥水的嬰兒，我嚇得拔腿狂奔，直衝到診所的院子裡，在松樹下嘔吐。

那是我感覺離死最近的日子。

水痘痊癒之後，生活終於恢復了平靜，我們各自身上都有水痘的疤痕，彷彿要一輩子提醒我們這段悲傷的時光。那年畢業典禮時，畢業生代表上臺演說，那女孩是校花，又是模範生，長得漂亮極了，可是她長了一臉水痘，我們四年級遠遠在臺下都看得見。校花也姓陳，有個非常美的名字，頂了一張水痘臉，她可能從來沒有因為面容而煩憂過，此時好像也為了水痘感到困擾，但她還是一臉驕傲地發表演說，大家拍手叫好，我在心裡默默地感到不安。校花的臉紅紅的，好像還在發燒，聽說年紀越大的孩子水痘越嚴重，我知道校花的水痘是被我傳染的，因為她的弟弟是我們班的同學，他就坐在我隔壁，校花的演講令人感動。「對不起，我不是故意的。」我心裡默默想著，愧疚地低下頭，握緊手指用我自己發明的方式祈禱，拜託快點讓她好起來。比自己生了水痘還要難過地，流下了悲憤內疚的眼淚。

第四章

雙面母親

十歲那年父母親因投資失敗欠下債務，我們一家便開始了在夜市與菜市場各個市集裡擺攤賣東西的生涯。

那像是一場連續的夢境，持續了我年少與青年時期，無論現實或夢境裡，我總是在賣東西，總是坐在貨車的後車廂，或者助手席，即將前往什麼地方，準備去賣東西。

我不知道沉默的父親如何將自己從一名木匠變成一個商人，我更不理解秀麗的母親如何搖身一變，成為拍賣場上大聲吆喝，在夜市裡人人尊敬的大姐頭。

這些事都在我年少還不解世事時發生了，無論如何納悶不解，無論是情願或被迫，我也加入了父母瘋狂大拍賣的隊伍，成為一個賣東西的人。

最初，攤子是隨著流動市集到處遊走，那段時間我記憶不深，只記得曾在橋上賣過錄音帶，曾經在工廠園區賣布鞋，也在夜市裡賣過眼鏡。後來聽母親敘述，那時她還會騎摩托車自己去擺攤，貨源是我們在嘉義當地方角頭的舅舅協助批來的盜版錄音帶。當時的卡帶分為大帶跟小帶，印象最深是碰上下雨天，來不及收攤的錄音帶被雨水淋溼，雨水滲進包著塑膠膜的卡帶內裡，甚至會把專輯封面的彩色封面都弄得起皺褪色，我們就會在自家頂樓陽臺水泥地上一一鋪展那些錄音帶，等待陽光將它們晒乾。

家裡破產後，有過一段逃難時光，最後收留我們的還是母親位於嘉義的娘家，也是在舅舅的協助下，開始了市集擺攤的生活。

錄音帶、童裝、鞋子、網球拍，以及一些細碎的拍賣品，全看當時舅舅批到的貨源，有啥賣啥，可以換現金就好。那時期我們去的都是人潮洶湧的市集，豬肉攤休息的早市，或各個縣市的夜市街，以及某些短期的市集。我們是流動攤販，靠著每天尋找臨時攤位過生活，那真是名副其實的流浪攤，逐市集而居，車裡總裝載著各式各樣廉價的批發品，孩子們在後車廂跟貨品堆放一起，睡得東倒西歪。到地方了，父親就把我們喊起來，弟弟還小，可能就在地上擺著紙箱讓他繼續睡，妹妹雖然也年幼，卻很伶俐，會幫忙擺放一些小東西，收帳找錢她也能做。開賣前父母會先拿點錢打發我們去吃東西，等我們吃完，攤子已經架設好了。七點鐘，人潮逐漸湧入，全家人就要開始各就各位忙起來了。早期的攤位簡陋，就是鐵架上鋪平幾片三合板，再用一塊白色或黑色絨布把桌子裝飾一下，貨物就堆放上頭，如果遇上賣的是雜貨，那就幾乎不怎麼分類隨意堆放，任憑顧客挑選。

趕集的日子約莫一兩年，之後我們終於有個固定的攤位了，那是位於豐原夜市復興路的一個路燈下的空地。父親租下一個位置，當時貨車已經賣掉，只剩下三輪車，父親將貨物都放置在三輪車的車斗上，彼時父親已經開始專賣女裝，貨源都是從鹿寮服裝批發市場批發而來，牛仔褲、套裝、T恤、洋裝、運動服、休閒服，應有盡有，父親口拙手巧，他能把簡陋的攤位布置得輕巧方便。平常日子他獨自顧攤，假日時，母親會從臺中翩然而至，那時小小的攤位會擠得水洩不通，彷彿大家都是來看我母親的。那段時間影歌視三棲的明星鳳飛飛當紅，大街上到處都是穿褲裝戴帽子的女子，我母親性格豪邁，也喜歡穿著褲裝戴帽子，她模仿一句鳳飛飛的招牌「感謝您」逗得全場大笑，然後施展魔法，說學逗唱，讓客人甘心買下她介紹的每套衣服。

攤位旁的路燈黯淡，父親加裝了燈泡，備有麥克風，讓母親一展長才。我從來不知道害羞的母親何時變得唱作俱佳，正如她的單眼皮變成雙眼皮也是一種魔法，眼前對著客人施展魅力的母親彷彿是被偷換過的人，她美麗風趣，幽默大膽，衣著華美，脂粉豔麗，一捲法拉頭是紅褐色的，大捲小捲捲起千堆浪，步步生輝，妙語如珠，大家都愛她。母親生著一張小巧瓜子臉，丹鳳眼，高挺的鼻子，小巧的嘴巴，是古典美人的長相。然而那時她將自己打扮成冷豔的明星，一張臉塗紅抹紫，總是大黃大紅或者各種鮮豔色彩，走到哪都有人注目。我也不知母親何時染上抽菸的習慣，她是個積習纏身的人，每天要喝康貝特數瓶，伯朗罐裝咖啡數罐，吸食兩包長壽香菸。母親抽菸有個儀式，她會拿出隨身常備的綠油精，抹在黃色長壽的濾嘴上，用打火機點火，猛吸一口，然後緩緩從口鼻吐出煙霧，這些動作一點也不優美，反而有種男子的粗曠，但因為母親野豔，那一抹帶著奇特胭脂味的煙霧裡母親的面容忽隱忽現，在優雅、狂野、羞怯、靦腆間流轉不停，我分不清哪個才是我真正的母親。

有記憶以來，我的母親總是在兩種極端間反覆著。一種是她身體健康精神充沛時，談笑風生，美麗動人，在拍賣場上與客人互動良好，把一場拍賣會扮演得如舞臺秀似地，我們那個位於夜市裡小小的攤位，很快因為母親的魅力，成為當紅的景點。房東把原本的車庫改裝，變成了一個簡陋的店面，父親也只得租下店鋪。當時每到週末，夜市總是爆滿的人潮，而我們家的女裝攤位更是擠滿了婆婆媽媽大姐小姐，母親只有在週末與領薪水的日子會出現，我們的店鋪也是那時候會上演一種近乎瘋狂的搶購行為。我至今仍記得父親將上百成千件衣服堆得高高的，我們全家人一字排開站在那個鐵架搭製的簡易檯面上，身後是父親特製的展示架，一套一套衣服都展示出來，客人在母親炫人的話術中湧進攤位，開始進行搶購。媽媽叫賣，爸爸搬貨，妹妹則是負責包裝收錢，弟弟還小，只負責把檯子上被拆開的塑膠袋逐一撿拾起來，塞進一個袋子裡，塞滿一只飽漲如球就扔到後頭，一整夜下來，攤位後頭可以堆積幾十顆這樣的塑料球。

那時我在哪呢？我的記憶裡時常沒有我自己的身影，得用力潛入記憶中翻找，才能看到瘦小的我處於何方。身為長女的我，若不是站在臺上幫忙打包，收錢找錢，就是等媽媽退駕時我趕緊遞補上去。所謂的退駕是因為她的人來瘋性格只能維持兩小時，時間到就會如退駕般突然變成沉默癱軟退縮的病人。母親下場，換我上臺拿起麥克風學她叫賣。年少時的我覺得這樣好丟臉，要我站到人前拿著麥克風扯著嗓子大喊真是苦刑，儘管我內心百般抗拒，但媽媽累了，攤位上還有好多人，我也不能拒絕。腦中浮現母親叫賣時的幾句臺詞，有樣學樣，雖然沒有她的魅力，卻也能讓場子維持熱度。那時間母親大概是去隔壁的診所打點滴了，不知是真有效還是心理作用，每當她體力漸失，連康貝特都無法見效時，她就會到診所去打一針，休息個一小時，走出診所又是一尾活龍。

母親這種忽而高昂忽而低落的狀態，一直讓我焦慮。我焦慮的不只是她若倒下我就得上臺，而是對於她的健康到底如何，患了什麼疾病，或者到底是什麼因素使她如此乍起乍落，感到不安。因母親不與我們同住，我對她種種改變都無法理解，母親於我是一個難解的謎，我每見她突然從舞臺上走下來，臉上的濃妝斑駁，好像突然老了十歲，她低垂的眼皮幾乎張不開，也說不出話來，體力似乎都用完了，就得喊個誰來把她攙扶到裡頭去，喝茶喝水、抽菸。有熟識的大媽會來幫媽媽刮痧按摩，等這些都無效時，就趕緊去打針。起初她發作時我們全家人都非常驚慌，感覺她像生了重病，隨時會有不測，但等她打針回來，又像沒事人似地恢復風趣幽默。幾次下來，父親大約捉摸了她的性格，就比較不會慌亂，但孩子們如我，還不懂這打針前後的緣由，曾經失去母親的恐慌總是襲上心頭，我有時會擔心地跟著去診所看看，眼見母親痛苦地閉著眼睛，身上蓋著毯子，細細的手臂據說都找不到血管可以打針，有時護士得試上好幾次才能正確下針。小診所生意不佳，母親是熟客，總是躺在裡面的皮製病床上，她像個睡美人似地躺著，手臂上有涓涓的輸液流入。那時一針大筒打下來要五六百塊，是很昂貴的針藥，我有時靜靜看著她，會覺得她非常陌生，我深怕她眼睛一閉就不再睜開，有時我會去喊她：「媽媽，媽媽，妳還好嗎？」好一會她才緩緩睜開眼，又像被光線刺痛似地閉上眼睛，「趕快回去顧店。」她低聲說。她一開口我就安心了，無論多麼不情願，我也會站上舞臺，學習著叫賣，試著透過自己的呼喊，多賣出幾件衣服，多收回一些錢財，讓家裡早日還清債務。

我扯著嗓子喊啊，叫啊，跟客人鬥嘴似地，哄騙他們買東西，一定要把桌上那千百件衣褲逐一清除，讓一張一張鈔票滾進我們的錢袋中，讓塑膠袋裝滿一綑又一綑，然後看著母親從診所走出來，遠遠地，那一頭紅褐色的頭髮如美麗的浪花，逐漸又朝我們攤位這邊滾過來了。夜色裡，有一些燈光如閃亮的眼睛，一盞一盞好像隨著她的步伐逐漸燦亮起來。

媽媽回家了。這次應該是真的了。

夢途上・之一

大街很長，兩旁都是商店，店屋前廊下掛著琳瑯滿目的商品，門邊一位畫著濃妝表情嬌媚的女人斜睨著眼睛低聲說著：「要買嗎？買一送一喔！」我被她的聲音引誘，瞥了她手上提著的東西，那是個小小的鳥籠，裡面有什麼上下跳著，我停步細看，上下左右不斷跳動著的是一個小人，一個貨真價實的人類，而且，還是個小孩子。鳥籠裡並非鳥類，而小人旁邊有著書桌木椅，還有一個小小的木床，那個孩子與那間房間彷彿是童年的我。看到此處我心中悚然連忙閃過女人伸長向我那彷彿爪子的雙手，轉往大街前面跑開。

我是一直跑到沒路了才停下來，看見母親就在路底一扇門旁等待著我。

她帶我走進一個狹長的店面，店裡櫥窗展示著布料高級的旗袍，但店內一個人也沒有。我們走到最裡面，有一個木門，門扇漆成粉紅色，母親轉開木門的喇叭鎖，她先將門打開一點點，回頭看我，過來啊，她說，這裡沒有人。

母親引領我進入的是一間很寬敞的房間，最醒目的是一張鋪有綠色小碎花床單的大床，兩個枕頭間有一顆心型抱枕，母親像孩子一樣倒到床鋪上，張開手腳開心地喊著，好累喔，打了一晚上麻將。

我四下走逛，梳妝檯是湖水綠，有些地方已經斑駁缺角，檯面上擺放著大大小小二三十瓶保養品，我望著那些印著各式標籤的化妝保養品，心知那每一瓶都是最頂級的，三四千甚至上萬元，媽媽突然說，紅色那一瓶是胎盤素喔，是從妳生下來的胎盤上萃取出來的。

我回頭望她，什麼？從我的胎盤萃取？

「妳玩夠了嗎？該回家了吧。」夢裡的我，原來是來找母親回家的。

「可是我晚上還要跟方阿姨打牌。」媽媽一臉無辜地說。她的皮膚光滑細嫩，臉上的妝容是時下最流行的素顏妝，媽媽美麗得不像已經結婚的人，更不像擁有我這麼大的孩子的女人。我納悶想著，妳根本不像媽媽。

「還不是又被騙錢，妳真笨。」我厲聲說著。「都幾歲了，還在那裡傻。胡亂相信別人，會被抓去賣。」我說。

媽媽眼睛裡有著淚光，她哽咽地說著，「妳都不了解我。」

「我當然不了解，我要怎麼了解？妳總是說走就走。」我大喊著，可是喉嚨好痛，發不出正確的聲音，我又喊：「我只個小孩，我沒辦法理解你們，你們到底在做什麼，為什麼總是把我們放在家裡不管？」可是我的聲音只在心裡打轉，媽媽看起來就要哭出來的樣子，我還在喊叫，可是張大的嘴，發不出任何聲音。

媽媽從床上坐起來，她看著我，一張臉從年輕逐漸變得斑駁，突然一下子老得認不出來了。

我從夢裡醒來，這不知是第幾次夢到我必須去某個地方把離家的母親找回來。可是夢裡的我，已經是成年的女子，母親有時比我還要年輕，無論她在夢裡是幾歲，總是呈現出現實裡不曾出現過的歡快與開朗，好像離開家是快樂的，好像不管發生什麼事，她在外面過的都是好日子，富裕，優渥，愜意。

可是夢裡醒來，我清楚知道母親離家並不快樂，她是悲哀而痛苦的，她思念著我們，她並非為了一己之私離家，更不可能是為了某個男人逃跑，但那些現實裡我理解的事實，在夢裡卻總是相反。母親曾經以為我很恨她，我怪罪她不在家，可是我從來沒有怪過她，我知道她有自己的苦衷，而苦衷非常清楚，她是為了還債而離家，但為什麼夢裡的我是怪罪她的？為什麼夢裡的她是任性胡為，不顧家庭的女人？

我熟讀夢的解析，理解夢的含意，深知夢境未必反映現實，但那些夢依然困擾著我。許多年後，我依然夢見母親離家，夢見我到處去找她，夢見母親被某些奇怪的友人帶著去尋歡、打牌、唱歌，甚至去夜總會跳舞，或者與某個男人有染，這些不合理的夢折磨著已經成年的我。唉，又來了，我還是沒有好啊。

沒有好。這句怪異的話浮現心頭時，我又強烈地意識到我已經長大了，母親已經老到雞皮鶴髮，根本不可能被任何人引誘了。

二〇一八年冬天，母親因為長期椎間盤脫垂終於要開刀治療，住進了臺中榮民總醫院。那時我正好在中興大學當駐校作家，母親住院那週，我每天搭著公車穿越以前的中港路，到達榮總。母親進開刀房那天我在場，父親與我在病房外等待，我們倆沉默地在座位區等候，時間彷彿長得沒有盡頭，而我跟爸爸又無話可說。

「晚上我要去夜市。」父親說。

「今天就不要去做生意了吧。」我無奈地說著。他沒有回應。

無論是爸爸或媽媽都讓我感到生氣。

媽媽軟弱，爸爸固執，他們在永無止盡的缺錢地獄裡輪轉。在夜市擺攤幾十年，生意每況愈下，但無論生意多差，他們依然堅持每日擺攤，攤位依然是多年前的三大格，光是攤位租金就賺不回來。幾年前父親終於放棄固守多年的高價的鹿港與東勢菜市場攤位，取而代之的是每週六日早上到豐原公園擺攤，免費的攤位是他們補貼收入的方式，但父親已年近七十了，因為生意清淡，只花更長的時間去耗。我無法給予他們足夠的生活費，便沒有辦法阻止他們拖著老邁的身體去夜市日日折磨，母親每到冬天總是感冒不斷，因為夜市太冷，又時常遇著下雨。從我三十二歲搬到臺北，每年冬天我總被這其實沒有淋溼凍寒我的冬雨所苦，淋在父母身上的風雨，讓媽媽反覆感冒不癒的寒冬擺攤，都讓我痛苦不堪。可是我能怎麼辦？轉業已經太老，甚至連轉變生意型態他們都做不到了。我唯一可以做的，只有遠離家人，遠離那些我無法無力改變的事。

母親開刀八小時，到恢復室等候，我抓著她的手直到她恍惚醒來，回到病房，她逐漸清醒後一直喊痛。安裝自費的自動嗎啡點滴，爸爸說，痛就按一下，但是不要按太多下。母親痛得臉都扭曲了。

第一天入院時，母親就在哭，做檢查時幾度哭得軟癱身體，無法繼續。記憶裡我很少見到母親哭泣，她總是在哭泣之前就已經暈倒，躺在床上休息的母親，縮在車子前座的母親，記憶裡母親總是以各式各樣的方式閉眼躺著，臉上盡是痛苦的表情。但年過六十之後，被身體各種老化的病況驚嚇，據說她每到醫院檢查總是哭個不停，我總算看到家人說的，那哭個不停的母親。

她嚇壞了。母親怕死怕痛，怕一切她掌握不了的痛苦以及她自己想像的危險，我沒見過她哭只是因為我很少見到她。

母親痛了就會哭，不肯說話，不肯吃飯，因為父親不讓她下樓抽菸而生悶氣。六人房的病房裡，骨科病房裡都是中年或老年人，我母親是呻吟得最慘的。

可我無論心裡多納悶，始終耐性安撫她。我為母親擦洗身體，才發現她的乳房與我長得根本不一樣，她的乳頭甚至還透著粉紅色，乳暈圓大，與我近乎相反，我這樣看著母親的身體感覺陌生而茫然，我真的是從這個女人的身體生出、哺乳、撫養長大的嗎？

可我深愛著母親，那份深愛一直是我賴以維生，也是勾連著我跟我們家無法切斷的聯繫。

父親去樓下買便當，三個人卻買了四個便當，他苦笑著說，年紀大了，我忘了我已經點過一個雞腿飯，又點了一次。

那是我第一次感受到父親承認自己的年邁。可是即使如此，只要我到了醫院，他便轉手給我，獨自開車去夜市裡繼續擺攤。

住院第二天，母親已經排氣，可以用餐，我想辦法買了雞湯給她喝，她食慾不振，吃不下飯，因為傷口疼痛，不願意下床活動，只有主治醫師來巡房時，她才會近乎撒嬌地跟醫師訴說身上的疼痛，而那時候也是母親精神看起來最好的時候。

我不理解真正的她。或他。或我自己。

無論在小說裡書寫過多少次，我始終無法真正抵達我父母的內心，他們像是一對連體雙胞胎，性格相異，卻命運相連。他們的世界裡彷彿只有他們倆，他們是一對為了存活下去願意付出任何代價的人，他們務實卻又不切實際，他們以一種不可思議的樂觀又保守的態度，熬過了所有的苦難，而在穿過那些苦痛的荊棘時，他們屏蔽了所有其他人，包括作為他們的孩子的我。我可以感受到那具體的屏蔽，包括從小他們就對我們三個孩子說，他們老了會自己想辦法。

他們想出的辦法總是令身為孩子的我感到困惑。

住院第三天，母親的疼痛突然消失了，她又恢復成為那個談笑風生的女子，病房裡的每個護士都被她逗得發笑，隔壁床的病人都送我們水果跟零食，母親以她那種特有的誇大告訴來訪的親友，她的主治醫師有多神奇，她是多麼幸運的人。同病房的人只有她恢復得最快、手術最完美，醫師來巡房時，她甚至願意下床走路了，她放掉助行器跟拐杖，猛然站起便開步走去，彷彿從來沒有發生過任何事一樣。

那天，我像是見證奇蹟，也像是從一場噩夢裡醒來，母親康復了，困擾她兩三年的痛苦突然完全消失了，就像她從臺中搬回家的那天，幾乎沒帶行李，只穿了一身漂亮衣裳，走進店裡。爸爸對我們說，媽媽回家了。彷彿她只是去外頭買菜似地，母親結束了在外五年半的生活，真正地搬回家。那天，猶如這一天，母親的離去或回歸，生病或康復，都像是夢一樣的事。

或許就是因為如此，她的存在與不存在，對我來說，都是夢境一樣不可捉摸、不能盡信的事。

輯二

第五章
街邊的醬菜店

媽媽不在家時，我有過一段打工時光。

彼時我與幾個女孩交好，一個是住在老街打鐵鋪樓上的阿華，一個是她的堂姐阿芬。我放學時常到打鐵鋪的閣樓找阿華玩，我喜歡隨她走進一樓窄窄的打鐵鋪，看著她的堂叔穿著背心短褲，拿著燒紅的鐵用力鎚打著，紅紅的鐵塊變得柔軟，捶打塑形後，放進水裡，發出ㄘ的聲音與一陣白煙，那一連串變魔術似的動作不管看多少次都看不膩。阿華的爺爺以前聽說是個操偶師，記得打鐵鋪的牆上除了製鐵器具，還掛著許多戲偶，老人居住在鐵鋪後頭的小屋，光影暗暗的，很少見人出入，從打鐵鋪遠望，可以看到老人緩慢移動，他穿著白色汗衫，棉布褲子，當時那條通道裡的老人給予我的印象，就像多年後我看《戲夢人生》裡的李天祿。操偶師與打鐵人，那個街邊小屋因著這兩個極特殊的人吸引我前去，雖然我不曾真正與他們交談，只是感受著那奇妙氛圍。最後我總是會爬上閣樓，在低矮的房間裡跟阿華寫功課、玩紙娃娃，或者說一些胡鬧的話，但我心裡總是記掛著樓下的打鐵人與操偶師，彷彿那才是我去的重點。

我在班上考試都是前三名，擔任副班長，照理說跟成績落後的阿華或阿芬沒有任何交集，但那時家裡負債，母親離家，我被老師打入邊緣人組，我也逐漸喜歡跟不愛讀書或家境不好的學生在一起，感覺更自在。比如阿芬，不知道她父母做些什麼營生，但幾乎都不在家，早早就獨立自主的她看起來就比我們成熟，一臉江湖大姐大的樣子，說話十分老成。有次她約我晚上去廟口吃臭豆腐，對當時十一歲的我來說，夜晚九點多的廟口簡直是不可思議的地方。那兒有一些攤販，三三兩兩的男人會在攤位上喝酒，在大廟口喝酒划拳，或者醉酒吆喝，阿芬約我，我也不敢因膽怯而推辭。我先回家弄飯菜給弟妹吃，然後騎著單車上街，在阿華家看書聊天到夜裡，就和阿華跟阿芬去吃臭豆腐。同桌還有個叫淑惠的，好像已經上國中了，但也是呆呆的。四個小女孩有三個傻傻地，只有阿芬滿場飛舞，與旁邊幾桌的男人聊天。光影搖曳的大廟邊，還有賣麵線糊、豆花，以及一些小吃的攤位，我們家是在夜市謀生的，照理說對這樣的場合我應該非常熟悉，但大廟前的攤位與夜市不一樣，因為夜市非常熱鬧，而小村莊的大廟前，只是稀稀落落幾個攤位，在黑暗的大街上，顯得特別突出。

那次臭豆腐之約我見識了阿芬的早熟，她談起下課後在一家醬菜店打工，我很好奇醬菜店是什麼，打工又是怎麼回事，就跟她去了一次。原來那家醬菜店竟然是我們班上一個男生阿建家裡開的，就在自家透天厝的一樓營業。阿建的父母在家裡開著自製醬菜的營生，這件事班上只有我跟阿芬知道，功課很好的阿建似乎覺得開醬菜店很丟臉似的，很怕別人知道。我剛去應徵第一天就上工了，記得當時工資一小時四十塊，晚上六點做到九點鐘，可以賺一百多元。我們家雖然欠債，但父母並沒有短少我們的零用錢，可是我還是想去打工，我想要自己賺錢。我很著迷於那類似流水線的流程，販賣的項目有醃得紅紅的豆棗，切得薄薄的黃色醃蘿蔔，一種長得像是蒜頭的蕗蕎，另一種是豆干絲加紅蘿蔔絲與海帶絲做成的涼菜，還有一些我說不上名稱的小菜。醬菜都是老闆夫妻先製作好，我們這群小孩只是去負責包裝的。第一站是新來的，負責把醬菜從大缸裡舀進小袋子裡。第二站是過秤，重量必須量得剛剛好，據說熟手舀菜，重量一分不差。第三站則要用紅色塑膠繩捆起來，看起來簡單，卻是最難的。我天生好強，每天報到的原因只為了從第一站升級到第三站，就像打怪晉級。我看那些老練的打工仔動作俐落地把裝有醬菜的塑膠袋轉個圈，凹一折，再用紅色塑料繩轉一圈，收束起來，可以打包得非常緊實，半點醬汁也不會滴落。我好想學那一招。可是老闆說得按部就班學，頭些日子我就只能把醬菜舀進塑膠袋子裡。

對我來說，老闆與老闆娘是一對恩愛的夫妻，因為他們夫唱婦隨，合作無間，小小的客廳擠著五六個工讀生，白天老闆夫妻先醃製、燉煮醬菜，晚上我們過去幫忙分裝打包，阿建從不下樓幫忙，父母對他期待很高，他總是在二樓的房間裡做功課，偶爾他下樓來，會用一種奇異的眼光看我，後來老闆知道我跟阿建同班，且我的功課比阿建好上許多，自此，老闆夫妻就對我特別關照。

我學得很快，加上老闆夫妻偏愛，我很快就晉級到收束組，我真是愛極了那個俐落的動作，這是獨門絕活，一般店家都是袋子束緊就算數，但老闆說我們的小菜多汁，得讓塑膠袋轉圈處束緊，湯汁才不會溢出，至今我只有在很老的麵攤會看到這種束袋法。

打工完，照例大家要去吃消夜，又是大廟邊臭豆腐麵線羹，我賺了錢就會擺闊請大家吃消夜，一百元就這麼花掉了。

回家的路上會經過一段竹林，路程特別漆黑，我總是要高聲唱著歌，才敢穿過竹林。有時弟弟妹妹會到路口來等我，那一小段路，我騎得飛快，卻覺得路遠得不得了，弟妹會大聲喊我，我也大聲回應他們，那時我心想，我打工是要做什麼呢？惹得弟妹那麼害怕，錢又存不了多少，總是拿到就花光了。可是我還是想去打工。

打工的日子十分有趣，那段時間，弟妹都去爺爺奶奶家吃飯，老闆娘叫我下課就先去她家吃飯，吃完再打工。對於當時沒有跟父母同住的我，有家常飯可以吃，當然求之不得。吃飯時間，阿健也會下樓，我們就像是一家人似地圍坐吃飯，感覺非常微妙。

上班不到兩個月，父親才發現我夜裡都不在家，跑去打工了。他非常生氣，一則是把弟妹丟在家，一則是夜裡我要穿過竹林回家，他覺得太過危險。我遂做到月底就離職了。

離職後，照常跟阿芬阿華到處玩，有一回週末，阿華說要帶我們去廟東夜市，其實我對那兒再熟悉不過了，我家的攤位就在附近，但我還是假裝不熟悉，任她們帶著我去吃蚵仔煎、肉圓、排骨酥麵。吃完後，她們說要去冰宮，冰宮在夜市的地下樓，我也跟著去了，裡面有七彩燈光、響亮音樂，許多年輕男女穿著時髦，一邊溜冰一邊談笑，阿芬幾乎是不管到哪都會有男生跟她搭訕，到哪都有認識的朋友，我默默觀察，也不敢下場去溜冰。

溜冰完，去逛街。地下樓有一間小店，賣著各種奇妙的小東西，阿芬突然對我們耳語：「我們來偷東西。每個人至少要偷一樣才可以離開。」阿芬的話對我有如聖旨，但偷東西我怎麼做得到？我紅著臉在店裡逛來繞去，阿芬她們到手後紛紛對我示意要我盡快，我只好隨手拿了一副撲克牌，三人趁亂就溜了。

那天從豐原搭車回神岡，我口袋好像會燙人似地，因為那副牌的存在讓我不敢把手伸進口袋，阿芬對於我竟然敢偷東西表示嘉許，暗示下次還要帶我去玩更刺激的。

那天回家後，我覺得羞恥，就在自家頂樓，用燒金紙的桶子把偷來的撲克牌燒掉了。

那之後，我時常得跟爸爸去夜市賣衣服，就少跟阿芬她們來往，我心裡也放下一塊大石，偷東西已是我的極限，不必再去做什麼更刺激的事了。

中學時，有天突然接到阿芬電話，說老闆娘住院了。我細問原因，說是早上起來煮醬菜時，被滾燙的湯汁燙著了，全身百分之四十灼傷，我當時已經搬到豐原，離那家醫院很近，爸媽要我帶著禮盒去探望。到了醫院見到老闆娘渾身包著繃帶，老闆在一旁哭，幾個同事都來了，氣氛非常憂傷，我心想，該不會有生命危險吧？

幸好已經度過危險期，但復原之路漫長，老闆很憂心，他們小本生意，沒有夫妻一起做，很難維持，大夥說了些安慰的話，陪伴了一會，就離去了。

阿芬已經變得很成熟了，臉上化著妝，穿著時髦的衣服，她說她在附近的服飾店顧店，問我要不要去逛一逛，我怕她又要叫我做什麼奇怪的事，就推說有事得回家，她突然嬌聲笑了：「妳這小鬼，是不是上次偷東西嚇到了，都不理我了。」

我一時語塞，她問我後來撲克牌怎麼處理，該不會老實送回店裡了吧。

我笑說，我也沒那麼老實，我用燒金桶燒掉了。

她聽完放聲大笑，摸摸我的頭髮，笑說，我就是喜歡妳這種傻樣。

那時刻，我感覺阿芬有一種很特別的氣息，如果換作後來的我，大概就會知道，她長得那麼有女人味，或許骨子裡可能是個Ｔ。她喜歡帶著品學兼優的我去學壞，那是她對我好的一種方式。

至今，我都還是不太敢吃清粥小菜店賣的那些醬菜，我只吃些蔥蛋、豆腐乳、炒青菜，可是那家我第一次打工的醬菜店，裡面的每一種醬菜我都記憶深刻。我不知道後來老闆娘復原得如何，她是個清秀纖瘦的女人，卻能端起大鍋，掄著大鏟，為了家計奔忙，她跟我母親有些像，但老闆比我父親溫柔多了，我童年時與父母疏遠，卻意外有些大人會照顧我，不知後來他們一家人如何了，想必一定開了更大的工廠，阿健也考上了好學校吧！

我記得穿過竹林時，有時會大聲唱歌，歌聲震天響，我用歌聲來驅走心裡的恐懼，讓歌聲陪我度過那片竹林，穿過黑暗。那一天被父親發現時，他是開著三輪車來竹林口接我的，他把我的腳踏車扛到車斗上，一路安靜不語，我其實遠遠就看到他了，心裡很怕挨罵，但他沒罵我。那一次，是多次我穿過竹林，唯一不害怕的一次。

第六章

流鼻血的孩子

我曾經被蛇嚇過。

我們家這片竹林圍繞的聚落被稱為竹圍仔，聚落入口有一個斜坡，穿過斜坡往下走，低垂的巨大竹子有時會盤旋著蛇。俗稱青竹絲的大蛇與竹身顏色相近，靜靜不動地盤踞在竹幹上，不注意看並不易發現。但我有次從村口回家，竟看見粗大的蛇垂下身子，在空中晃蕩，嚇得我完全不敢動彈。我感覺蛇的眼睛就望著我，蛇身燦爛的顏色，蛇眼的冰冷，完全占據了我的視線，我不知道自己站了多久，直到有大人拿著大叉子來救我，那個叔叔一把就叉住了蛇，而且似乎正中牠的要害，快速地放進了背後的竹簍，就帶著我回家了。那個叔叔是鄉裡的捕蛇人，奶奶在三合院裡養雞，下的雞蛋常被蛇偷走，也會找來這位叔叔幫忙抓蛇。

那段斜坡是進入聚落的必經處，一邊是竹林，一邊是田，窄窄的斜坡從大路通向聚落，要回家完全避不開竹林。後來我總是帶著一根細竹子，想說如果再遇上蛇，我也嚇嚇它。不過此後我再也沒見過從竹子上垂下來的蛇，倒是曾跟鄰居的孩子在草叢裡發現小小的蛇，一溜煙跑掉的暗色小蛇，一點也不嚇人，鄰居還隨著蛇消失的草叢深入，想去抓蛇。那時，會有人定期到村子裡來買蛇，抓到的蛇可以賣給捕蛇人，膽大的小孩就會去抓蛇，像我這種膽小的，就去荔枝園撿撿蟬蛻，也可以賣錢。

早上總是排路隊上學，隊伍從另外一個村子走到我們這兒來，我們在斜坡處等待，然後慢慢跟上去，一路有人加入，走到學校時，隊伍大概會排到三十幾個人那麼多，從竹圍走到小學大概要二十五分鐘，走回來似乎更慢些，大概是下課大家放鬆了，一路玩鬧所致。

下課後跟著路隊走到聚落口，走下有竹林的斜坡，會先到達一個垃圾坑，那是靠著林邊挖出的土坑，大家會把垃圾丟進去，過一段時間大人就放火把垃圾燒掉，那個年代的垃圾沒有什麼塑膠，幾乎可以完全燃燒，燒完還可以做肥料。走過土坑，是姨婆家，她們家有個很大的荔枝園，因為住家位置在聚落入口，占地又寬廣，想來這位姨婆地位也高。她有三個兒子，孫子更多，其中一個孫子耳朵是扭曲的，大家都說是因為媳婦懷孕時動了剪刀，所以把耳朵扭了。

我們聚落裡的孩子有幾個都有點怪，一個耳朵扭的，一個是歪脖子，還有個六指的，於是當我妹妹出生時，脖子有那麼一點歪，我爸媽就急得不得了，到處尋醫，妹妹不但有點歪脖子，還不愛哭，乖得讓媽媽覺得腦筋可能不太好，大概是因為我非常愛哭吧，顯得妹妹安靜得異常。

頭胎的我，是早產兒，住過保溫箱，像我們這種鄉下人，早產的話大概就是自生自滅了，但因我外公外婆捨不得，花了大錢讓我住保溫箱，好不容易養活了，卻是愛哭愛鬧身子又不好，有流鼻血的毛病，我時常早晨醒來，被子上都是血，跟鄰居孩子玩一玩，鼻血就滴下來，大家都有點怕我，好像不留神把我弄壞，就會挨大人罵。父母養我費盡了心力與錢財，我幼時是天天吃蔘鬚泡水，含蔘片長大的，奶奶常去田邊找一種野菜，剁碎加在雞蛋裡，用薑片跟麻油煎蛋給我吃。媽媽聽人說稻根從泥裡挖出來洗乾淨，加上某一種野生鰻魚，燉煮之後特別補，我也吃過。總之，什麼祕方偏方，我都試過。

鼻血斷斷續續流了幾年，記憶裡，自己時常是仰著頭，鼻孔裡插著衛生紙團，坐在一旁，看著鄰居小朋友在玩，而我只感覺鼻血通過喉嚨進到胃裡，那種血腥的味道非常可怕。鼻血流著流著，腦子會慢慢空掉，覺得周遭一切都變得不太一樣，時空彷彿都扭曲了，有時我就會這樣倒在一旁，也不是昏倒，就是坐不直了。至今我仍有那種歪著頭看世界的印象，感覺自己是個特別奇怪的孩子，我可以倒在那兒很久，歪頭望著周遭發呆，鼻血流著流著，覺得身體跟腦子都慢慢空掉了，直到大人發現才趕緊把我扶起來。

上小學之後，鼻血還斷續流著，所以我是不必上體育課的那種孩子，但不流鼻血時，我爬樹、抓蟲，野得很，但因為誰也不知道我的鼻血何時會流出來，所以我多半自己一個人玩。小學三年級之後，不知何故，鼻血就不流了，我開始可以跟其他人一起遊戲，野得跟猴子一樣。

鼻血不流之後不多時，母親也離家了。我有時會想，如果我還流著鼻血，母親說不定放心不下，就不會離家了。

下課後的路隊裡，我跟著小琳一起走，快到她家時，會經過鐵道，她家即是在穿過鐵道後，那一排房子裡算過來第五間，小小一個店鋪，賣著一些抽糖果、棒棒冰等小物的柑仔店。我們常在鐵道邊遇見一個女人，那女人披頭散髮，衣著襤褸，糾結成團的頭髮綁著五顏六色的塑膠繩和碎布條，她懷裡抱著一個包袱，卻哄著那個包袱喊心肝寶貝。她總是哼著搖籃曲，有時會突然衝到路隊來拉我們一個男同學，喊他阿寶，阿寶。大家被女人沖散了路隊，其他孩子開始「瘋子」「瘋子」地喊著，然後一哄而散。

回家路途上有幾個孩子們愛鬧的點，第一關就是長髮女人。而後經過小琳的家，會有一個拐角，那裡散著兩處磚房，其中一間磚房總是上鎖的。小小的窗子裡，有一雙黑亮亮的眼睛，我們從不敢湊過去看，但知道那也是關瘋子的地方。母親離家前告訴過我，鐵道還在營運的時候，撞死過幾個人，那些瘋子都是死了孩子或丈夫的女人，或者被放逐，或者被關押，一輩子就這樣過了。「不要去欺負人家，想想妳若有心愛的人死去了，那該有多傷心。那種傷心會讓人失去理智，變得瘋狂。」我一直以為母親是個心軟的人，她有時會望著那個瘋女人遠去的背影發楞，眼睛含著淚水。

以前見慣了的風景，母親離家後看起來都不一樣了，我關注著那個被關在磚房裡的人，我對被孩子們喊為瘋子的女人感到可憐。每次穿過鐵道，我都忍不住望著鐵軌下的縫隙，想起母親說，那些失去家人的女人，沿著鐵道一塊一塊撿拾被火車輾壓破裂的屍塊，我想著這條曾經染血的鐵道，到底奪走多少人命？想著那些白天黑夜裡徘徊不去的女人，想著一定有亡魂也在此地漂流。

我開始夜驚，醒來就大哭，一下子瘦了很多。

我不知母親離家去了哪，大人也不曾告訴我們，弟弟妹妹有時哭鬧，會吵著要找媽媽，但我們都從大人的神色裡知道，那是不應該問的問題。

我們家從一個平凡的五口之家，突然只剩下三個孩子守著家園，父親總是忙著工作。以前媽媽在家時，屋裡做各種加工，爸爸還會去豐原街上採購「抽糖果」讓隔壁的孩子來玩。我總是一邊忙著顧那些抽糖果的小玩意，還要幫忙賣媽媽自製的袋子冰，一樓客廳即工廠，堆滿了雨傘、梳子、毛線、聖誕節燈飾等，隨著季節更改的加工品。那時我們家總是充滿歡聲笑語，鄰家的姐姐阿姨都來幫忙做加工，小孩則上門抽糖果，閒暇時，就在我們家旁邊的空地跳格子、玩彈珠。

母親離家後，父親將大門關閉，加工品跟抽糖果都不見了，我們從側門出入，躲避鄰居的窺探，再也沒有小孩願意跟我們玩了。

我隱約知道是因為我們欠了債務，倒會與跳票，債主大多是親戚。母親一夜消失，鄰居都謠傳是她捲款逃回娘家，我沒有聽信他們的說法，我深知母親必然有不得已的理由才會離家。

幾個月後，母親寄來一封信由鄰家的堂姐轉交，信中，她娟秀的字不斷寫著「對不起」，寫著她因為某些不得已的理由才會離開我們，她要我好好照顧弟妹，用功讀書，等問題解決，她就會回家。

信中寫了聯絡方式，要我放假就帶著弟弟妹妹到臺中找她。她仔細寫下搭車的方式，詳細交代我如何到達約定的地方。

將信交給我的堂姐是少數還願意與我們往來的人，一直待我們很好，我們倆在她房間聊著母親可能的去向，她突然說起一件往事，說其實我另有一個弟弟，排行老二，長得非常漂亮，懷胎快十一個月才生下來，但是那個弟弟生下沒有幾個月就夭折了，據說是在睡夢中猝死。鄰家很多傳言，但早在傳言侵襲之前，母親就已經神智不清，抱著孩子不肯放開，後來是奶奶用一個布娃娃換走了嬰兒，母親因為精神失常，被送回娘家照顧了很久。

聽完這個故事，我握著信封走回家，記起老家客廳曾有一張嬰兒照，那胖大的臉無論如何不可能是我，我記起母親同情那瘋女人時眼眶裡的淚，我想起如今的她也像那瘋人流落遠方，我想著我身上流著瘋狂的血液，無論是多年來莫名留下的鼻血，或者皮膚底下看不見的血液，失序、瘋狂、離散，在我的生命中，或許都不是偶然發生的事。

第七章
遙遠的琴聲

母親到外地工作後，父親每天早晚在市場擺攤，家裡只剩下我們三個孩子守著小小的透天厝，自生自滅。

有次學校上音樂課，音樂老師長得一頭及腰秀髮，臉龐圓潤，性格溫柔，教大家唱歌，有一首歌叫做〈媽媽的眼睛〉，歌詞唱到：「美麗的，美麗的，天空裡，出來了，光亮的，小星星，好像是，我媽媽，慈愛的眼睛。」

老師走到我身旁，從口袋裡拿出手帕遞給我，我才發現自己哭了。我慌亂地擦了眼淚，又故作鎮定，繼續把歌曲唱完。那段慌亂時光裡，我只有那一次流下眼淚。至今，聽到這首歌，我還會感覺到當時心裡那種突上心頭的酸苦滋味。

那次之後，音樂老師總是特別留意我。有次我陪班上另一個同學去音樂教室找老師，老師問我想不想彈琴，很多同學下課後都到老師家學鋼琴，我說想。她翻開琴譜，教了我音階，我似乎很快就學會了看譜，那時小學四年級，想上私立中學的同學已經開始學鋼琴了，我沒有上私中的打算，但老師說我有天賦，叫我回家問爸爸可不可以去她那兒學琴。我當時也沒意識到自己家裡經濟出狀況，只想著彈琴的快樂，回家問了爸爸，爸爸說好，讓我一週去上一次鋼琴課，老師學費打了折，琴譜都是送的，因為弟妹在家無人照顧，上課時我都帶著她們一起去。

老師家在街上，對村里的孩子來說，「街上」象徵著更好生活，公車，商店，診所，學校，所有繁華的東西都在街上，以及從街上出發的公車所及之處。但街上另有一些使我痛苦的人物，母親離家後，風聲很快傳遍了村莊與街上，我們在商店買東西都可以聽見婦人的耳語，謠傳母親捲款出逃，或說母親娘家誘騙倒帳，種種謠言，都是醜化母親的。

我還記得老師家的一切，路邊一個小籬笆，推開籬笆會有一隻德國狼犬跑出來，老師的父親會從屋裡出來遏止狼犬攻擊，老師家院子很寬闊，種了各種樹木，穿越那些高大的樹，才到達老師家的洋樓。當時村莊裡若不是三合院，就是像我們家這種透天厝，水泥販厝。老師家不一樣，西式建築風格，外觀都是漂亮的磁磚，最好看是寬敞的露臺，還擺著雕花的鐵椅、咖啡桌。

老師的父親也是我們學校的音樂老師，當時已經退休，總是在屋裡看報、寫書法，老師的母親不知是做什麼工作，一頭捲髮五官秀麗，會削水果給來上課的學生吃，平時就在客廳做十字繡。

老師家的客廳非常寬敞，鋼琴放在一樓邊間，學生就在那兒上課，鋼琴課通常都是假日下午，等候的時候老師會帶我們到二樓她的房間看書，印象最深是看漫畫，老師家的漫畫不是日本少年漫畫，而是《娃娃看天下》，一套漫畫被我反反覆覆看了又看，後來高中時我在學校看到其他同學在看這套書，她們都很驚訝我竟然小學就已經看過。

後來我父親分期付款為我買了一架鋼琴，我持續學琴到小學畢業，上中學斷斷續續又學了一年半。那架山葉鋼琴後來在我們全家搬到豐原的服裝店居住的時候，短暫地被放在一樓過道上，但後來因為騎樓不能擺攤，店面往後退縮，樓下空間不夠，父親以三萬元賣給了我姑姑。多年後我才知道那架當時要價十幾萬的鋼琴，對我們家來說是多麼昂貴的開銷，或許是父親的補償，也或許是他們亟欲栽培我的心意吧。

但當時對我來說，真正的意義不在學琴或練琴，而是「去老師家」這件事。每週一次或兩次去老師家上課，等於是去了一個避難所，一處桃花源，讓我們這三個狼孩子一樣的小孩，有一個乾淨明亮的地方可以待，弟妹也跟我一起安靜等候，翻看漫畫、吃水果。我們總會待上好幾個小時，度過悠悠午後時光，有次老師不知為何把弟弟妹妹都帶去樓下浴室，叫我幫他們洗澡洗頭，當我們擠在那個客用浴室裡，我才驚覺弟妹跟我的身上都有一股臭味，父母不在家，我慌亂理家，啥也不懂，我們在老師家痛快洗了熱水澡，並不是因為家裡沒有熱水，而是無人提醒之下，我根本沒有想到要天天幫弟妹洗澡。

老師拿著吹風機幫我們吹頭髮，幫我跟妹妹綁辮子，拿指甲剪為我們剪指甲，我想起我的制服外套好髒，藍色的袖子已經近乎變黑，所以學校同學才會對我捏著鼻子，表示嫌惡。我竟渾然不覺這樣的事只要洗澡洗頭，勤洗衣物就可以解決。

老師一邊幫我吹頭髮，一邊交代各種生活細節，比如每天都要洗澡，每隔兩天就要洗頭髮，洗完頭髮要立刻擦乾、吹透，然後用梳子梳理，老師還說要記得帶手帕跟衛生紙去上學，彷彿她已經知道我每天都因為沒有準備手帕被老師罰站，我臉上時常掛著兩行鼻涕，總是用袖子去擦。我自小好強，卻對於日常生活全然無能，母親在家時，將我們照顧得很好，母親一離家，我們家整個崩潰，屋裡凌亂不堪，孩子們像野獸一樣自生自滅，只有學校還是照常去讀的。那段彷彿夢遊的日子裡，我功課依然很好，但其他事物我都不知自己是怎麼度過的，唯有在老師家時，那個潔淨、美麗、溫暖的屋子裡，世界的秩序正常運作，我們還原成真正的人類，在充滿音樂、愛、食物芬芳的世界裡，可以享有片刻的正常。

老師喜歡綠色，說綠色象徵和平，予人以寧靜。所以她房間裡總有各種層次的綠環繞，翠綠窗紗、淺綠床單、湖水綠圍巾、檸檬綠的洋裝，以及各種我記得但叫不出名稱的綠色什物。我在初學鋼琴時進步很快，記性好，音感強，別人要彈上多次的曲子，我一次就能學會，加上我的學科成績很好，老師估算，我鐵定能考上當時最著名的三個私校之一的曉明女中，但我自知以我們家的狀況不可能去讀曉明，所以也沒有抱著什麼期待。升上小六時，老師已經開始帶我們去聽音樂會，安排加強班，一班大概就是鎖定幾個資優生，大家都會增加堂數，準備各種練習。我沒有增加堂數，實際上那時學費已經付得很吃力了，有時父親根本忘了給我生活費，鋼琴費用就一直拖欠著，老師還是讓我去上課，還是讓我們三個孩子留下來吃晚餐，好像上課只是一個照顧我們的理由或藉口。

六年級最後衝刺，鋼琴課來了一個隔壁班的女學生，姑且稱她小如吧。她在我們學校非常出名，皮膚白如凝脂，五官秀麗，不是洋娃娃那種美，仔細想來，有點像小林青霞，自帶英氣。她剛進鋼琴教室，程度是最差的，在學校的功課也不是前三名，可是她聲音好聽，長相標緻，擅長演講，是校花級的人物，來到鋼琴教室，自然也是來惡補鋼琴，想要考私立中學。

小如的來到，讓平靜的鋼琴教室掀起波瀾，當時週六下午的班都是滿的，四五個學生輪流上課，所以大家都會聚在客廳裡，等候輪到自己上課，這段時間可以聽到其他同學上課時的練習。小如每次一到教室，屋子裡就會有一陣騷動，好像每個人都會變得很不安，故意討好她的，刻意疏遠她的，或者不自覺在她面前就會身體緊張起來的。她像一股氣流攪亂了屋子裡的氣氛，而我是最明顯感受到差別的人，因為老師自從認識了小如，她眼睛裡就只有她了，即使老師不會像照顧我們這樣照顧小如，但她見了小如就是笑。小如認真彈琴，老師誇獎；小如彈得不好，老師懊惱。老師送給小如一個鋼琴提袋，是老師在城市的百貨公司買回來的，小如也回報老師以謙遜、乖巧，以及一種難以言喻的笑容，好像她只要這樣微笑著，就足以令老師喜悅。

我心裡自然百般滋味難以言喻，但那時我也已經懂事，懂得幫弟妹洗澡洗頭，他們也早就沒有跟我去上課了。我冷眼看著曾經靜謐的客廳裡那股怪異的氣流，小如來了之後，有幾個資深的學生不來上課了，說老師偏心，說小如造作，老師的母親還出面來跟家長勸說：「小孩子愛計較，老師都是一視同仁的。」留下的留下，想走的走了。倒數幾個月，只有我可以輕鬆上課，因為無關測驗，而且我並不討厭小如，甚至可以說也是喜歡她的。只是那種喜歡帶著更多好奇，她好像比我們都成熟，懂得在旁人的喜愛、羨慕，與忌妒中正確地移動，知道如何應對這些過多的關注，但像她那樣的人，再怎麼小心，也會引人注目的。

考前兩個月，小如離開了鋼琴教室。

老師落寞地問我，知不知道小如為什麼不來上課，原因我自然是不知道的，但我估計，小如應該也是放棄考私立中學了，一來是鋼琴學得太晚，二來是學科成績不夠理想。老師有一陣子彷彿失戀似地，成天念著小如，但不久後，她又恢復正常了，一向溫柔的老師竟然對我數落小如的不是，覺得她忘恩負義。我想，老師當初對小如就像失心瘋吧，醒來後自然是要後悔的。

但我知道，小如到底是怎麼樣的人，是誰也無法知道的。她這種美人，就像一面鏡子，映照出的是我們凡人自己內心的寫照。

鋼琴教室恢復了平靜，我上了離家最近的國中，小如也上了這個學校，她一進校園再度掀起旋風，連一向對我們不理睬的堂哥，也被人請託來請我轉交情書。

我的世界與小如不同，我是立志要考上臺中女中，卻總是被父母拖著去夜市擺地攤，沒時間好好讀書的人。我既不漂亮，家裡又欠債，臉上長滿了痘痘，除了好好讀書，沒有其他生存下去的辦法，但我因為有點小聰明，在那個鄉下中學裡只要努力，很快也成了風雲人物。好強的我，樣樣都要爭先，曾經擔任過四科小老師，包辦作文、演講比賽冠軍，我是學校學藝主任的愛徒，負責校內各種文藝活動，我的作文每一篇都是超高分，被老師影印分送給其他班同學當範本，只要能拿獎狀的時刻一定有我。我為了考上女中，每天在收攤之後熬夜讀書，熬得油盡燈枯。

國二開始，我終於跟小如又登上了同一個舞臺，那是校際的演講比賽，學校只能派出一個代表，若不是小如，必然是我。每一年我們兩班的國文老師幾乎都是在廝殺狀態，我與小如路數不同，我擅長寫作、有表演天分，小如則有著電視主播的長相與溫潤明亮的聲音。學藝主任難以選擇，最後決定我們倆輪流出賽，以示公平。

最後的決戰是畢業典禮學生致詞，早早就有人猜測是小如或是我出線？兩班國文老師依然纏鬥不休，我心中早已明白我不會是那個人選，好強的我，心知再怎麼努力，我也勝不了她。我們在教室外面擦肩而過，她一六五的身材比我高上一個頭，客客氣氣對我點頭示好，我卻怎麼也擠不出笑臉。

最後學藝主任想出了奇招，請我書寫致詞文章，讓小如來朗讀，她說：「這樣就兩全其美。」當我們齊聚在禮堂裡，小如站在臺前沉穩又婉轉的聲音讀出我的稿子，旁邊的同學被感動得淚如雨下，我內心悲傷不是因為要離開校園，而是一種難以言喻的悲憤，其實我的功課在學校名列前茅，但又如何，不能擔任畢業生致詞，其他一切對我全無意義。我臉上一滴眼淚也沒有，我心裡只是想著，再過幾個月我就會離開這個地方，進入我所嚮往的高中，但小如並不會。好像只有這樣想，我才能得到安慰。

放榜後，我果然考上了臺中女中，小如只考上了非常普通的高中，我如願穿上綠色制服。後來我們家的服飾店擴大，母親也回家了，想起不久前的國中生涯，我忽然覺得自己那段時間很可笑，過去三年的苦拚、為了畢業生致詞者的競爭，其實都是因為我自己的自卑。小如是一面照妖鏡，當初在鋼琴教室沒有照出我的內心，幾年後依然讓我看見了自己，那份可笑裡，也有一份可憐。我想起母親不在家的日子裡，每週去到鋼琴老師的家，想起她為我剪指甲、吹頭髮，想起我每次帶著弟妹在那個洋樓裡，在院子就聽見的，鋼琴的聲音，無論是可笑或可憐，那三個孩子被溫柔的鋼琴老師接住了。

第八章 松林的低語

學校下課的路隊是每個班級按照路線分配的，我們班有兩條路線，一個往南，一個往北，我們家位於往南的路線，長長的隊伍大約二十多人，沿途一個一個同學逐漸從隊伍裡退出，隊伍越來越短，到了我家時，路隊只剩下我、妮妮與阿遠三個人，我們都是同一個村子的，隊伍走到這個小村已經是盡頭了，等到阿遠回家，隊伍就結束了。

長大後我才知曉，僅僅是從我家走到學校附近的主街，短短十五分鐘路程，就標誌了城鄉差距。住在街上的孩子父母大多是開店做小買賣，或者到鎮上去上班，或在附近工廠工作當作業員。而住在聚落裡的我們，幾乎都農家的孩子，早年貧富落差還不明顯，但隨著房價上漲，街上的地價是村子的幾十倍。而我既不是農家的孩子，也不是做生意開店的人，父親在三伯的木器行當家具師傅，我們有自己的房子，父親賺的錢勉強能溫飽，母親還會出去幫人煮飯或裁縫貼補家用，孩子大一點，她就在家裡做家庭代工，算是小康之家。如果當時父親選擇在街上置產，或許我們的命運會大不同吧，不過當時的父親也沒有能力在熱鬧的街上買房子，他終其一生就只有買下我們山村裡的透天厝。性格保守的他，即使在做服飾生意，日進斗金的日子裡，他會購買高價的音響設備，養殖價格昂貴的紅龍，收藏藝術家雕刻的石壺，奇石做的茶盤，買下一組高達二三十萬花梨木大桌子，卻從沒想過在市區再買一棟房子。我們那棟小巧玲瓏卻地屬偏遠，遠得沒有任何公車到達，即使想去商店買個東西也得開車或騎摩托車才會到達的透天厝，我們那個曾經充滿歡聲笑語的竹圍聚落，對於將來的我們，變成難以回歸的故鄉。

母親離家後的行蹤，我並不清楚。她是一夜間就離家了，離開前，只記得家裡冰箱電視等等家電都被貼上封條，屋前聚集了很多人，爸爸跟媽媽被人群簇擁著到阿公阿嬤的三合院議事。小小三合院都是人，鄰居，親戚，很多我並不認識，大家七嘴八舌，我唯一聽懂的就是「還錢」。

爺爺訓斥著父親，母親與父親都跪在神明廳前面，我不知道家裡何時欠下龐大債務，更不知道為何債主都是親戚朋友，我看見父母低著頭聽訓，看見鄰人義憤填膺，作勢要打人，也看見隔壁的大伯公出來主持，要大家冷靜。那景象十分不堪，我也不忍再看，就溜出了三合院，躲進了我們家二樓的房間。

父親年少時跟夥伴去撿拾未爆彈時，夥伴拿石頭去砸砲彈，當場引發爆炸，一群人死的死，傷的傷，父親僥倖撿回一命，也沒有毀容，臉上只有幾道淺淺的疤，但一隻眼睛被爆彈碎片擊中，留下無法痊癒的疤痕以及視力的損壞。小時候奶奶一提到這件事就會哭，說她當時到醫院去，看到病床上一個人全身都被紗布覆蓋，根本看不到臉，奶奶哭倒在病床邊，後來才知道那張床躺著的是爸爸的朋友。父親的眼傷開刀風險太大，醫生說等以後快看不見了，再來決定要不要開刀，自此父親就因為視力不好變得不愛讀書。媽媽提到結婚前她跟爸爸說：「以後你看不見，我分一隻眼睛給你。」父親因讀書不便，小學勉強讀完就去做資源回收，在務農的家庭長大，卻只想經商。他一個剛剛小學畢業的孩子，每天推著車到處去撿破爛，幾年過去漸漸做出心得，能掙錢了。他發現可以撿軍方用過的電池回收再利用，就開始鑽研，之後做得頗有規模。後來經朋友介紹，認識了也是做這行的謝姓商人，便與他合夥開了工廠。這個謝姓商人後來成了我外公。

外公做生意外行，他在日本時代讀到高農畢業，外婆是念護校的，兩人知識水平都很高。本是書生的他被朋友慫恿去做生意，結果一敗塗地，欠了許多債。母親說外公膽子最小，卻曾經為了還債去廟裡當廟公，夜裡空蕩蕩的廟宇，他一個人怕得睡不著覺，處境可想而知，外公輾轉做了一些行業，後來才進入廢棄電池這一行。父親精明勤快，雖然沒本錢，靠著自己的知識跟經驗，與外公合夥，做得有聲有色，但後來父親與母親相戀，母親很快就懷孕了，母親違逆家人的反對，嫁入了我們家。

母親在娘家是獨生女，幾個哥哥弟弟都愛她，是備受呵護的孩子，結婚那年她還不滿十八，她與父親相戀，主要還是父親主動，母親總是說，父親第一次約她去看電影，就把她載到荒郊野外，母親嚇得立刻跳車，後來父親就不敢造次。但一次深夜裡，父親悄悄打開了母親的房門，兩人因此發生了關係。母親每次提起這件事，總是說：「你爸真的很敢！」我想若不是兩情相悅，他恐怕會被我外公跟舅舅們生吞活剝了吧。既已有了身孕，又有感情牽絆，他們就非結婚不可了。外公外婆搭車到神岡鄉下來看父親家的情況，才進門，外婆就哭了。母親十八歲，在家裡是備受寵愛的女兒，雖然只是家小工廠，家境也還算是小康。嫁到農家來，幾個嫂嫂看起來強悍，免不了要吃苦，我們家三合院的屋況，說是破破爛爛也不為過，誰想把女兒從遠方嫁到這樣的人家呢？母親與我最大的不同就是她非常癡情，一生經歷多少風浪，可是她只愛過我父親一人，她單純的感情世界裡，相信的是從一而終。外婆本來堅持要讓母親在家待產，生下我之後就交給育幼院扶養，讓母親從頭來過，給她另外找一門好人家。可是母親用生命威脅，非我父親不嫁，外婆預言般地對她說，嫁進那戶人家，妳將來必然要受苦的。

後來母親每次因為我調皮或跟妹妹吵架，就會生氣地說，早知道就把妳送進育幼院，我自己去當修女也沒關係。有時她生氣，甚至會說出：「早知道把妳用臍帶纏死。」一句句都是早知道，彷彿非常後悔。我感覺她後悔的不是嫁給我爸爸，而是生下了我。以前我很傷心，覺得媽媽常把她的苦難都怪罪於我的誕生，後來我才知道，那也只是因為我參與了很多她不堪的往事，她對我始終有歉疚，說那話，其實是一種反話。或許她曾經後悔嫁給我父親，也或許她根本沒有後悔過，嫁雞隨雞，就是她人生的信念。

爺爺是養子，只分到一片薄田、一個小三合院，奶奶養大七個孩子，母親初嫁入陳家時，全家跟爺爺奶奶都擠在那個只有三個房間的三合院。為了給父親當新房，一間房間空出來，還隔了客廳，廚房是在兩間屋子中間的走道擺一臺瓦斯爐做成的。

母親最初連飯都不會煮，每天要在屋後的溪邊洗全家人的衣服，因為懷我時水腫得很厲害，蹲下去洗衣服，大腿緊繃得彷彿皮下的水腫會迸裂肌膚綻開來。

最初的日子記憶朦朧，但住在三合院的生活是我僅有的恬靜時光。下課時我總是飛快趕回家，媽媽做完飯會幫我看功課，媽媽在院子裡擺一張學習書桌，上面有個小黑板，媽媽都會在那兒教我寫字、算術。媽媽喜歡畫畫，她也會教我畫，媽媽喜歡畫一種少女風的漫畫，畫裡的女孩眼睛都閃著星光。那時弟妹都還小，家裡只有我一個人上學。因為是老大，又因為跟底下的妹妹隔了四年，我享盡了四年獨生女的受寵時光。

娶妻後，父親就離開了電池工廠，因為眼疾只當國民兵，兩週後退伍。他便去三伯的家具行當學徒，一個月只有幾千塊。母親帶我們去附近的工廠當廚娘，我很小就有生意頭腦，爸爸幫我批發了一些麵包點心飲料，我就在廠區賣。我記得很清楚，要上小一時，工廠老闆娘送了我一件制服，因為我個子太小了，那件白衣藍裙的制服是假兩件的洋裝，工廠老闆娘的孩子也要上小學，她的制服領子是花邊形狀，質料不是什麼太子龍，而是純白的棉布，每天都熨燙，那女孩小公主似地，穿上制服，筆直的頭髮別上髮飾，美麗高傲得令人害怕。

我上學時，父親已經是收入兩三萬元的木工師傅。他很快買下老家旁的空地，跟大伯一起蓋了透天厝。我記得那棟興建中的屋子好大，兩戶間有個大洞，方便工人進出，於是我們就會利用那個洞在兩間屋子裡穿梭，工地就是我們小孩子的遊樂場。我們偶爾幫忙搬磚，也賺了些零用錢，父親發揮他木工師傅的長才，把那家透天厝設計得極為精巧，光是我們客廳的天花板，有美麗的浮雕圖案，收邊是弧形的，得一塊一塊把薄木皮貼上去，四個邊角圓潤，非常美麗。酒櫃、衣櫥，還有三樓房間利用樓梯空間做出的置物櫃，都是父親的創意。

搬進新家時，我大概小二吧，我們的客廳在一樓，屋裡總是堆滿了東西，都是媽媽做加工用的，那年代客廳即工廠。我們做過織毛線，組裝梳子，記得那時梳子的代工就是把細細的梳針穿進一個手掌心那麼大的圓片裡，針又密又多，一個才賺幾毛錢，我們家雇了好多鄰居女孩來幫忙，一樓小孩在裝針梳，二樓媽媽在車縫衣服，爸爸去豐原批了些抽糖果，媽媽在冰箱凍了很多綠豆冰紅豆冰，我一邊穿針梳，一邊還要賣東西，但屋子裡總是歡聲笑語的，大家都很快樂。

木器工廠就在家對面，我時常跑去找父親，我喜歡看他做家具。據說那時他是工藝最好的師傅，他專門做那些家具上的裝飾刻紋，父親好像天生喜歡華麗而費工的東西，不知道他從商人變成木匠能否適應，我一直以為他當木匠是很自豪的，因為工資高，又受人尊重，在工廠裡大家都喊他師傅。木工廠有好聞的香氣，到處都是木屑，有鏈鋸的聲音，有刨刀滑過木頭的聲響，還有鐵槌敲釘，或各種神祕的工藝背後發出的細微聲響，配合著這些聲音的，還有吳樂天說廖添丁的故事，我去工廠最主要就是要聽說書。

白天去上學，下了課我就會先去前面的伯公家找堂姐玩。那時夜不閉戶，家家都敞著門，小孩愛去哪家都沒關係，我們時常玩捉迷藏，一家串過一家。玩藏鞋子，我把鞋藏進了伯公家老阿太的繡房，起初進去藏鞋子時還不知道那間屋子有人，我把鞋子藏進床底下，起身才發現床上有人，一個很小的老太太躺在紅眠床上，蓋著錦被。我知道伯公家裡有個阿太，是伯公的祖母，想來這人就是阿太了，阿太睜開眼睛看我，我嚇得捂住了嘴，她挪挪身體，想要起來，她要我幫忙，我就去扶她。她的身體已經縮小成像娃娃一樣的娃娃，我幫她扶下床，她坐到梳妝檯前梳頭，我不敢離開，看著她梳髮髻，然後插著一根非常漂亮的珊瑚髮釵。她在白色內衣上加了一件緞面的襖，一雙小腳好像玩具。阿太穿著繡花鞋，從梳妝檯上拿出一個像是點心的東西給我，叫我吃，那個東西又黑又霉，聞起還很臭，我怕極了。她問我叫什麼名字，我不敢直說，就編了個謊，說我是淑惠。阿太唸著淑惠淑惠，好像想不起來淑惠是誰，我趁她還在思考，就一溜煙跑了。

我們還住三合院時，媽媽時常講起我們先祖的故事，其實我媽也不知道細節，但她是天生會說故事的人，一點點風吹草動都能被她說成神出鬼沒。我們陳家先祖渡海來臺，就定居在這個竹圍聚落，以前這邊整片整片的田地都是陳家的，到了曾曾祖吸食鴉片，又嗜賭敗掉許多田地，但陳家依然很有錢，曾曾祖異想天開，把田地都賣掉，想做黑市生意，結果遇到四萬換一塊，錢變少了，餘下的錢他興建倉庫囤糖，沒想到又遇到水災，糖都化掉了，陳家就此衰敗。

伯公是大兒子分得幾塊田產，我祖父是養子，只有幾分薄田，家境大大不同，伯公家是聚落裡最有錢的人家，他與我爺爺是兄弟，但親生跟收養天差地別，他們有好多土地，自家住的是改建的三層洋樓，廳堂非常寬敞，聚落裡的孩子最愛去他家玩。伯公生性節儉，就在自家一樓大廳做羽球拍代工，家規嚴格，伯公自家就有好幾個孫子，再夥上聚落裡的孩子一起來做代工。伯公會講故事給大家聽，工作到半途還會發牛奶餅，我為了聽伯公講故事，一放學就往他家跑。有時我還會在他家吃晚飯，跟堂哥堂姐一起看卡通，然後夜宿在堂姐的房間裡看金庸跟瓊瑤小說，因為我家一本小說也沒有。

小學四年級以前，我不知憂愁為何物，成天與男孩在附近稻田間、果園裡玩耍，我們什麼都能玩，抓青蛙、捕蝌蚪、捉泥鰍，伯公家有一頭大水牛，每天都要出去遛，遛水牛的機會我絕不錯過，一群孩子跟著水牛到處去，感覺很威風，水牛會到泥塘裡打滾，玩瘋了我們也會跳進水塘裡玩。

感覺天天都是假期，我自小注意力不集中，沒辦法上課，老師一講課我就想睡覺，只好偷偷在底下看堂姐借我的小說，或者自己胡思亂想編造一些故事，以免睡著。我成天想著下了課要玩什麼，跳橡皮筋已經玩膩了，射彈珠又不是我的強項，跳格子我還行，可是總覺得太女孩子氣，我自小不覺得自己是女孩，因為玩伴都是男孩子，他們做什麼，我都想學。我們最大的娛樂就是廟前看布袋戲，以前戲班子都是請來謝神的，每個月幾乎都有演出，鄰近幾個村莊輪流表演，我們總是帶著一張板凳就去廟口占位置，有時到了別人的地盤，免不了要跟那些小孩打一架。

媽媽看我野得不像話了，就要訓斥，可是我功課又非常好，也找不到什麼理由，她便要我去哪都得帶著妹妹。那時妹妹還沒上小學，膽子小，不喜歡跟男生在一起，但我去哪真的都帶著她，我們一群人在玩的時候，她就像娃娃一樣乖乖在一旁坐著，有一次打瞌睡了，從椅子上掉下地，頭磕出了一個好大的腫包，我嚇死了，堂哥說可以用熱雞蛋敷，伯母趕緊幫我煮了雞蛋，給妹妹敷了好久好久，才消散了些。

災難的來臨是一瞬間的，誰也無法預知，等我們回過神來，媽媽已經離家了。沒有任何人告訴我們媽媽去了哪，沒有任何人向我們解釋，家裡為什麼變得那麼亂，爸媽都去了哪，為什麼我們突然變成聚落裡不受歡迎的人，為什麼鄰家的大媽看到我們就是一頓痛罵。我隱約知道父母欠了債，倒會，欠款，落跑，但那些事一點都不具體，我只知道家裡的冰箱電視都被貼了法院封條，那大概就是犯法的意思。

多年後，我總會想起破產前的一些片段記憶，是在我們家一樓的客廳，有一盞非常美的水晶燈，家裡好多客人，大人在客廳吃東西聊天，他們不許我們接近，我們只好在旁邊偷看。我隱約看見桌上擺放一種非常漂亮的盤子和杯子，那材質我說不上來，不是純白也不是米白，一種帶著溫潤光澤，偏灰，卻閃著光的質地。盤子大中小都有，還有咖啡杯，邊緣都鑲一圈金色，我們家的客廳好像在辦一場派對，有些陌生人在家裡，他們正在吃一種很奇妙的東西，是用玻璃紙包起來的，不知是甜是鹹？我想吃得不得了，可是大人在談事情，不讓我進去。

不知為何，我一直感覺那場聚會就是我們家破產的關鍵。

記憶裡還有一輛麵包車，小時候父親都是騎野狼機車載我們出門，甚至連母親也有一輛自己的輕型機車，讓她去工廠上下班通勤。但我模糊的記憶裡，除了那場神祕的聚會，還有一輛白色麵包車，我記得父親很高興地在擦車，然後叫我們去裡面坐。他神情燦亮地坐在駕駛座，手扶方向盤，母親也穿著漂亮的衣服，在副駕駛座上，我不記得窗外風景有變化，也不記得我們去了哪，或許我們的車沒有開動吧。

另一個記憶也是全家在車上的畫面，可是我們三個小孩是躺著的，我們躺在麵包車車廂裡，窗外很黑，我可以感覺到車速很快，而且已經開了很長時間，我沒聽到父母在說話，一種奇異的沉默充滿了車廂裡，讓我害怕得想哭。

事後再回想，那趟車程就是逃亡的開始吧。但後來我們到底逃去了哪？為何最後我們還是回到了家？並且離開的人只有我母親。這些問題至今仍是我們家族的祕密，或許，我有生之年都無法讀到解答。

答案重要嗎？曾經我苦苦思索，但每次我總是會想到爸媽曾經以含蓄的方式告誡過我們，媽媽已經回家了，那段猶如插曲般的回憶就讓它過去吧。讓那些母親不在家，那些充滿傷害，屈辱，不確定，困惑的記憶，都隨著時間過去吧。活下來是最重要的，我就是生長在這樣的家庭裡，我們不拍照，不祭祖，不回憶，不留戀，我們把所有可以記錄往事，留存回憶的東西全部丟棄，我們用一種彷彿將時光與記憶消弭的方式，神奇地，隱匿了那中間近乎五年的時光。我們不談，不想，不問，讓這些事隨著時間風化，散成粉末，融化在空氣裡。

答案重要嗎？回憶重要嗎？過去重要嗎？重點是，我們都活下來了不是嗎？債務都還清了不是嗎？用新漆將舊樓翻新，白漆塗抹可以遮掩掉所有不堪問的往事，那就變成一棟新房子了不是嗎？

有時，我會恍惚感覺到一種哭聲，淡如嗚咽，清似嘆息，渺茫得彷彿會在呼吸之間被一口氣吹散飄走。那可能是我們居住的聚落四裡的竹林葉片間被風吹過發出的聲音，或者是那些被時光篩過，遺漏而出的記憶，它們散落在田地間、草野上，它們隨著人們的腳步揚起的塵灰，隨著車輛行過車輪滾出的泥沙，隨著某種看不見卻感受得到的，拂過肌膚之上，讓你感受到輕微震顫的，某種無名的東西降落下來，我時常會突然陷入空茫之中，就是因為我聽到，聞到，感受到，那無以名狀的東西。我猶豫怔忪，但隨後，我便會清醒過來，加入那場已經開始，無法停止的演出，所謂的現實繼續推著我走，參與那場，叫做活著的遊戲。

第九章
紅樓夢與十二軍刀

一九八〇年代的豐原，是中部一個富裕的小鎮，又名葫蘆墩，其歷史人文我並不清楚，只是因為父母在豐原市區賣衣服，我們才從鄉下小村來到繁榮鎮上。

童年時代，豐原就是我們這些鄉下孩子嚮往的遠方。從我家到豐原，得走路十五分鐘到街上搭公車，公車一兩個小時才有一班，等車的地方是街上少見的服裝店，有蜜絲佛陀跟資生堂化妝品專櫃，店裡都是高級的服裝與鞋子，還有一些罕見的舶來品，那樣的小店想必是街上有錢人開的。記得學鋼琴時，鋼琴老師帶我們去過一次豐原，先帶我們去了三商百貨，我永遠不會忘記推開玻璃門看見屋裡到處都是亮晃晃的東西，因為有很多玻璃櫥窗，櫥窗裡展示著許多文具、飾品、玩偶、削鉛筆機、鉛筆盒、音樂盒、手提袋，那還只是一樓呢。那些琳琅滿目嶄新而發亮的東西，讓我們幾個孩子都張大了眼睛，我們穿梭在如今回想起來不算寬敞的店鋪裡，小心翼翼地挪動身體，盤算著錢包裡的預算，想要從這一屋子東西裡挑一樣買回家，那真是艱難的任務。對於豐原的印象大概就是如此，沒想到後來我們全家人會搬到豐原，那條夜市街，會成為我們長達幾年的居所。

我想，欠債之後的父母之所以選了在豐原擺地攤，一來是因為地利之便，開車回我們老家只要三十分鐘，二來是因為當時正值臺灣經濟起飛，豐原的繁榮勝景被我們恰巧趕上了。

最初只是路燈下車庫前的一輛三輪車，那就是父親擺攤的地方，後來攤位逐漸擴大，之後房東把車庫改建成大一點的鐵皮屋，屋子後頭有個小房間，一間廁所，就這樣的小店鋪，租金就要幾萬塊。當時父親一人負擔不起，還找了賣合成皮皮鞋的朋友哈庫賴一起分租。

那段時光非常魔幻，記憶裡鐵皮屋屋頂很矮，因為我們的生意場子是父親用木架搭起的平臺，很長很長一個臺子，從屋裡最底端，延伸到外面的走道跟空地直到路中央，木造平臺上擺滿了衣服，那些衣服一件一件拆開任意堆疊，方便客人挑選，我們站在臺上，大人的頭幾乎都要碰到屋頂，客人喊著要買衣服我們就包起來。我們身後是一片服裝牆，父親將店內的牆面以及延伸出去的空間都做了展示架，當天要力推強打的衣服都掛上去，客人想要哪一件都可以指定，我們就把它拿下來。

我真不知道生意為什麼那麼好。整條街都是人，但我們店裡比別人更擁擠，客人有時會擠到開始大叫，挑選衣服時還會吵架、搶同一件衣服，爭著誰先拿到，像是爭奪什麼稀世珍寶非得大出手不可。除了包裝收錢，我還得一直不斷回身去拿背後架上的衣服，拆下來，拿給客人，然後再套上一一套新的，那種吊衣架很特別，是連身式的，像一個方的人形，不像一般裙子或褲子是用夾上去的，我們家的衣架可以穿衣服，上面是衣下面是裙或褲，直接套上去就可以，穿脫方便，而且不會有夾子的痕跡，忙碌起來一個晚上這樣套上去又拿下來上百次，再選擇新的一套裝上，就成了我重複的工作。

臺上必然站著我母親，有時也有父親，有我，還有一個來幫忙的叔叔跟他太太，光是顧店的人就要五六個，過年過節更是連媽媽在臺中的朋友也找來幫忙。生意好的時候一天可以賣掉上千件衣服，進帳一二十萬，如今回想，正是因為那條街生意太好了，後來才會有那麼多糾紛。

我不記得店裡有沒有播放音樂，想來應該是沒有，因為人聲鼎沸，要講話都得用喊的，那麼記憶裡的音樂一定是附近音樂行播放的。音樂行離我們家的店不遠，假日時音樂成天不間斷，流行金曲是一定要放的，當時最流行鳳飛飛跟劉文正，每一首我都會唱。

那些從各地來到豐原採購的人們，身上到底帶了多少錢呢？尤其是領薪水的日子，感覺大家口袋飽飽的，都想著要花錢，假日則是因為全家出遊，也是得買點這買點那的，才算盡興。這一條鬧街綿延到其他幾條街，衣服包包鞋子精品什麼樣的東西都有，每一家店都各具特色，再遠一點過了橋，就是竹筒巷。窄窄的竹筒巷裡賣雜貨乾果，零食玩具，還有很多裁縫店，幫忙顧店的阿飛叔叔說他年輕時都去那兒訂做衣服，但我認識他時他也才二十幾歲。路上總是有提著糖葫蘆的人，沿街吆喝著，賣棉花糖的小販高高舉著他的棉花糖，奮力穿過擁擠的街道。有趣的是，無論人潮多擠，凡是遇到捏麵人或者畫糖的攤位，大家都會自動退開一點距離。當你遠遠看見那兒有個小圈，就知道有人在畫糖或捏麵人了，彼時大家還會欣賞手藝似地認真看老師傅巧手做出的小玩意，然後小孩子拉拉父母的衣角，等到成品一出來，大家就搶著買，買完一哄而散。

小孩手裡有糖，大人提著一袋袋東西，還要往前繼續擠。許多人會朝這條路最核心的地方走，那兒有幾家男裝女裝，其中一家店就是我們家。

我們房東是街上大地主，一間診所是老大經營，旁邊一家麵粉店兼做麵條，我本以為賣麵粉是粗活，但老闆一身高級襯衫，滿手金戒指和勞力士。他還開了家委託行，交給老婆顧店。我們有時會去買麵粉讓老闆製麵，店裡一臺桌上型瓦斯爐，可以泡茶，可以煮麵。房東在對街也有幾家店，其中一家叫正龍，店面挑高，又寬又深，賣的是高級男裝，什麼Polo啦，鱷魚呀，雨傘牌都有。最好玩的是，店裡櫥窗擺放的是一件幾千塊的名牌貨，走出店外，跟我家一樣的平臺上堆滿的卻都是仿冒品。負責叫賣的是媽媽的朋友，阿國叔叔，阿飛叔叔跟阿國叔叔是好朋友，他們都是混潭子十二軍刀的。

後來因為一些店鋪糾紛，這些幫派的叔叔們開始來我們家圍事。我父母跟正龍高級男裝店很好，時常互相串門子，我們的死對頭也同樣是不久前才來到這裡開店的一家人。他們租下兩間隔街相對的店鋪，我們對街的賣女裝，旁邊的賣男裝，擺明就是來跟我們兩家拚場。對方姓潘，店主人手上跟脖子上的金鍊閃閃發光，老闆娘一頭吹整的秀髮，皮膚又白又嫩，富泰的體型配上高亢的嗓音，是絕對無法忽視的存在。

其實生意各憑本事，夜市街什麼店家都有，賣相同種類也不見得就會鬧翻。可是潘家人來意不善，他們看我們生意好，除了價錢上比優勢，麥克風開得特別大聲，還會使用奧步，派人偷偷到我們店裡買正在熱銷的服裝，買個幾套，然後大咧咧在場子上吆喝著：「這款我們只賣兩百五。」硬生生比我們少掉一百塊。有些客人就會抗議說，對面比較便宜。我父親性格嚴厲，沉著臉說：「那你去對面買，看你能買幾件？」

誰能吸引到客人，誰就能賺到錢，奧步也有它的功效。可是我父母堅信我們的衣服物美價廉，都是他們一次大量批發或壓低價錢。「全豐原，不，你跑到臺中也買不到更便宜的。」母親總是自信地跟客人說。

潘家人花招百出，夜市街已經夠吵了，還要聽他們放送叫賣聲，他們的喇叭總是對準我們兩家，好像只要可以大聲吼叫，就能把客人吸引過去。他們的生意一直也不錯，可是要跟我們比，還是差了一大截。或許正是那種落差感帶來了副作用，他們不但在夜市裡跟我們拚場，我父母到東勢菜市場也遇到了他們。有一次在東勢市場裡，潘家人派了小混混把我媽打傷了。他們知道我們家的店就是靠我媽一嘴金嗓以及她獨特的個人魅力才能風靡整條街。

我印象很深，那時已經離家好一陣子的媽媽突然回到家裡，臉上頭上都是紗布，躺在一樓的房間裡喊痛。後來，阿飛叔叔就到我們店裡來顧店了。據說對面的男裝店也被偷襲，於是十二軍刀的兩位頭牌就降臨了這條夜市街。

還是少女的我，面對兩位凶神惡煞似的男子，起初非常畏懼，但相處後發現叔叔是好人，兩個叔叔是生死之交拜把兄弟，氣質也很像，阿國叔叔皮膚很白，臉上有很深的皺紋，喜歡吃檳榔，濃眉大眼長相很俊秀。他有潔癖，吃完檳榔都會用手帕抹一下嘴唇，他的嘴型小巧，唇色總是紅紅的，會被朋友揶揄他愛美偷擦口紅。據說他很會唱歌，跟我媽一樣，在叫賣場子上渾身是勁，非常幽默，可是一下了場子，就像斷電似地，幾乎都不說話。他很愛喝酒，有時大白天也喝著酒，但是酒醉時會多說一些話，變得很可愛，所以大家喜歡找他喝酒。阿飛叔叔人很開朗，留著時髦的浪子頭，一張小巧瓜子臉，單眼皮，高鼻梁，尖下巴，很多人說他長得像齊秦，可是我覺得他長得像我媽媽。阿國叔叔跟阿飛叔叔不知為何非常尊敬我媽媽，總是大姐大姐地喊，媽媽好像也把他們當成弟弟。阿飛叔叔有時帶著他的太太前來，飛嫂一張白淨的圓臉，五官纖細，體格很美，飛嫂在家裡做網球拍代工。年節假日我們生意忙不過來時，她也會來幫忙。

阿飛叔叔很愛跟我媽抬槓，他們倆長得相像，感情又好，簡直像親姐弟，大家都喊我媽大姐頭，可是他說媽媽有個綽號叫做憨面仔，我們問他是什麼意思，「你媽愛打麻將，可是每打必輸，她還是很高興，輸錢輸得那麼快樂，所以大家叫她憨面仔。」我媽天性豪爽，出手大方，那時阿飛叔叔來幫我們開車，車上總是放著雙節棍跟彈簧刀，我看過阿飛叔叔使雙節棍，他說小時候最崇拜李小龍，所以跑去學武術。母親給他很高的酬勞，阿飛叔叔有時也會到檯子上叫賣，他與阿國叔叔兩相對望，還會隔空跟對方開玩笑。

媽媽的朋友總是很神祕，還有一個大仙哥也常來店裡，身材高大壯碩，足足有一百八十五，超過一百公斤。他留著一圈鬍渣，說話聲音宏亮，他是十二軍刀的大哥。阿國叔叔是大仙哥的姪子，阿飛叔叔是大仙哥的小弟。大仙叔叔曾經把一把槍藏在我們家閣樓，說是過段時間回來取，結果一清專案時，他逃到了梨山去躲避，那把槍後來是阿飛叔叔處理掉了。

我後來才知道，媽媽是在臺中工作的地方認識了這群人，他們看似牛鬼蛇神，不是什麼好東西，可是卻非常仗義，當時幾個人都在轉型不想混江湖了，所以跑來夜市叫賣衣服，雖然表面上是叫賣，但實際上還是圍事，因為生意場子競爭，衝突可能一觸即發。

後來潘家人跟對面男裝店的衝突越演越烈，我們反倒沒什麼事了，他們女裝拚不過我們，所以在男裝上下足功夫。男裝利潤高，但成本也高，連店租都較高，那些名牌衣服囤貨很嚇人，他們好像從中盤那邊就開始有摩擦了，潘家人循線摸到了正龍男裝的上游，出高價把幾批貨壟斷，正龍的老闆跟潘家人談判，沒談成，正式撕破臉了。

意外是發生在一個週末的夜晚，那時人潮還很多，我們忙著做生意，雖然知道潘家的大聲公又開始冷嘲熱諷，公開說正龍男裝的壞話，不知那個人怎麼說的，竟然扯到了正龍的老闆娘，大約是越說越起勁，說到了什麼不堪的話。正龍老闆娘的弟弟阿正在店裡幫忙，他才十九歲，正在等兵單，我們只看到阿正手上拿著什麼東西，從正龍一路高喊著什麼，衝過街，直衝進隔壁潘家的男裝店。霎時哀嚎聲四起，人群走散，媽媽喊著，快跑，有硫酸！我們全部都跑到店後頭去躲。

後來警察都來了。

原來是阿正用洗廁所的鹽酸潑向潘家人，潘家的老闆跟他的大兒子都重傷，老闆娘的手上也有傷，連我們家攤位上都有幾件衣服被硫酸侵蝕，站臺前面的地板上還留下白白的痕跡。

那次大衝突過後，潘家元氣大傷，阿正也被判刑了，可說是兩敗俱傷，彼此就不再鬥爭。可是每天夜裡收了攤，潘家老闆娘就會到正龍的前面去哭喊：「還我兒子眼睛！我兒子一表人才被你們搞瞎了眼，毀了容，我一輩子不會放過你們。」她本來是個極潑辣的婦人，事件之後，她瘦了很多，因為夜夜哭喊，聲音都啞了，她每夜嚎哭，控訴的內容都不一樣，但大抵都跟那次潑硫酸事件有關。雖然是他們引發事端，可是弄到瞎眼毀容，阿正坐牢，真是誰也不願意看到的事。而且非常巧的是，那晚阿國跟阿飛兩個叔叔都不在場，我媽總是慶幸那天他們不在，否則恐怕要鬧出人命。

當初還只是簡陋小店時，母親每週六日回家，發薪水的初一十五也會回來，店裡客人擠得水洩不通，媽媽領著她在臺中認識的一幫姐妹們回來幫忙顧店。姐妹都很性格，卸了妝臉色蒼白，但也還很美麗。我媽最親的姐妹叫小雨阿姨，長得就是松田聖子跟藥師丸博子的綜合體，她會日文，兩顆虎牙好可愛，看起來只有二十出頭，卻已經有了一個七歲的孩子。小雨阿姨的男友老是換人，一會是阿偉叔叔，一會是阿東叔叔，反正都是叔，會帶我們去買東西吃，就叔叔叔叔喊不停。

媽媽說，小雨阿姨很命苦，被生父拋棄，被繼父毆打，十五歲就逃家了。她十八歲跟男友生下小孩東東，因為自己養不了，就送給一對律師夫妻扶養，律師夫妻給了小雨阿姨五萬塊，要她切結永遠不跟小孩見面。「東東還是應該給有錢人扶養，長大才會有出息。」媽媽說。小雨阿姨只要提到東東就會哭，媽媽曾陪小雨阿姨去幼稚園看東東，遠遠地偷看著。東東長得可愛，讀私立幼稚園，穿著漂亮的制服，好像少爺一樣氣派，小雨阿姨一路哭回家。那時是阿偉叔叔，阿偉說，我們去把孩子要回來，五萬十萬我去湊。可是小雨阿姨說，付一百萬人家也不會還了，更何況他們連五萬也沒有。小雨阿姨心情不好就吃安眠藥，有時會配酒喝，一睡就是一兩天，但睡醒後她又生龍活虎，好像已經忘了東東的事。在牌桌上她總是贏錢，可是贏的錢也不知跑哪去了。阿偉叔叔做生意輸掉很多錢，就在家裡待著，待久了會發脾氣，跟小雨阿姨對打，從房間打到客廳，甚至打到陽臺。小雨阿姨說，你再過來我就跳下去。不過他們兩個打一打又沒事了，阿偉叔叔不輸錢時，是挺好的人。眾人合租的公寓很容易髒亂，啤酒罐、香菸蒂、便當盒，扔得到處都是，這一屋子女人都不做家事，有阿姨每週來一次，可是平時沒人維護，屋子還是很亂，那時就會看到阿偉叔叔拿起垃圾桶滿屋子收拾。

媽媽的朋友還有大隻跟小隻阿姨，她們倆是姐妹，但看起來一點都不像。大隻阿姨很高大，不笑的時候臉很兇，大家都說她長得像歐陽菲菲，一頭雜亂大捲髮，古銅色皮膚，笑起來屋子都會震動。為人海派，賺了錢就請大家吃飯，屋裡的零食長期都是她在供應。大隻阿姨是工作狂，她不交男朋友，她的目標是存錢開一家啤酒屋，所以她會做熱炒菜，有時不用上班，就會炒菜給大家吃。

小隻阿姨是媽媽的朋友裡最美也最神祕的，她有著一種難以言喻的氣質，好像整天都神遊在她自己的世界裡。她不化妝時很清秀，但一上了妝就會變得非常豔麗，那種豔麗夾雜著野性。她的眼睛是鳳眼，嘴唇薄薄地，鼻子很難形容，總之那張臉拆開來看，五官並不突出，可是一旦放在她臉上，就變得非常引人注目。另外吸引人的是她的身材，連我這樣十來歲的小孩都可以感受到她渾身散發的女人味。她曲線玲瓏，皮膚光滑白晰，在屋裡總是隨意穿著，短褲背心，把頭髮紮成馬尾，脂粉未施，光著腳在客廳走來走去，小隻阿姨不知經歷過什麼傷痛，她很少說話，一旦說起話來，誰也聽不懂，好像都是一些謎語般的短句子。她很少出現在公共空間，大家打牌時，她也只是在一旁看著，聽說是不會打牌，搞不好連算術也不會，很普通的人際關係她都維持不了，時常聽見大隻阿姨在罵她，說她笨，後來我們才知道，小隻阿姨的男友吸毒，有時她也會跟著吸，所以大隻阿姨會把她綁起來戒毒。有一次媽媽告訴我，小隻阿姨精神狀況不穩定，因為少女時代被他們的父親欺負了，她就用刀砍傷父親，然後跟大隻阿姨逃家了。

這些阿姨們來到我們店裡，狹窄的店面突然變得好豔麗。

阿姨們平時嬌生慣養似地，都是上美容院洗頭，去店裡給人修指甲，渾身香噴噴的，可是到了我們店裡，個個把頭髮一紮，換上我們家的衣服，就可以上陣叫賣。那時我們家做的是武場生意，前場拚命叫賣，上百個人擠進狹窄的店鋪裡，阿姨做的事就是拚命打包，然後我跟妹妹在一旁收錢找錢。有阿姨跟媽媽在的日子，簡陋的店鋪變得光輝耀眼，是夜市裡最有人氣的店。但是媽媽出手也大方，一個阿姨一晚給好幾千塊，人潮漸少時，我就得跑到廟東夜市給大家買消夜，排骨酥麵一買就是好幾碗，肉圓、蚵仔煎、鳳梨冰、涼圓，買了一大堆。回到店裡，人潮已經很少了，阿姨們擠到店鋪最後面的一張桌子上，打開湯湯水水的小吃，很開心地吃起來。她們幾乎都抽菸，我得趕緊把廁所的抽風扇打開，以免大家窒息。屋裡空氣很差，聲音很吵，可是一個晚上做了十幾萬生意，賣掉幾百件衣服，大家都很開心，除了一直默默在收攤的父親，其他人都是歡欣鼓舞的。我很少見到父親笑，即使有快樂的事發生，他也總像是唯恐一疏忽就會發生大難般地謹慎。大家休息時他就開著貨車去沙鹿補貨，等他補完貨回來，一屋子倒的倒，睡的睡。媽媽在附近的旅社給阿姨們準備了房間，收店以後大家就回去休息，我跟著阿姨們回到了飯店，那只是間老舊的旅社，大廳黑黑的，有點恐怖，但為了房價便宜，也只好湊合。我媽是出手闊綽的人，沒有金錢概念，阿姨們來幫忙，她給的費用很高，加上吃的以及住宿費，我很懷疑是否划算。可是生意好得忙不過來，也不是辦法。

那時的我，對於這些阿姨，叔叔，都有著無限的好奇，我喜歡阿姨們離奇的身世故事，喜歡看她們變臉似地化妝，換上漂亮的衣服，就從氣息奄奄的人變成明星般燦爛。

叔叔與阿姨們的故事永遠說不完，我總是羨慕他們的瀟灑跟帥氣，連抽菸喝酒的模樣都特別好看。有一次阿國叔叔帶我們去西餐廳，是那種會有餐廳秀的表演廳。他開著車子載我們三個小孩到臺中去，走進西餐廳時，有服務生過來遞熱毛巾，我們一坐下沒多久，桌上就擺了一大盤會噴乾冰的水果船，我們點了最大的聖代冰淇淋來吃，阿國叔叔還給我們叫了牛排。

我們去過好幾間餐廳，都是有秀場的。後來我才知道，那陣子阿國叔叔也在餐廳圍事，場子是大仙哥在罩的，阿國叔叔跟我媽說，他已經不做這個了，這是最後一次。我媽跟我說這些話時，聲音啞啞的，我媽說，阿國叔叔一直想轉業，但是都不成功，因為大仙哥不放他走。這裡面來龍去脈我不清楚，但好像可以理解阿國叔叔私下的憂鬱。但他帶我們出去玩，總是笑咪咪的。

在那些附設在西餐廳裡小小的舞臺上，我見過好多藝人，包括年輕時的許不了。他很會變魔術，會模仿海鷗的叫聲，在我心中他是個天才。可是阿國叔叔說，許不了肝病很嚴重，北中南趕場還要拍電影，體力承受不了，所以他一下場就在後臺打點滴。我聽了很心痛，當時我還沒看過卓別林的電影，但很喜歡許不了搞笑的能力。許不了本人真的有一種魔幻的魅力，他以口技聞名，我最喜歡看他模仿雞叫，說不同年紀的雞啼叫聲不一樣。其實這個表演我看過好多次，但每次他模仿到老母雞，臺下總是笑成一片。我可以感受到觀眾有多愛他，他有多麼天才，感覺他體內的表演能量才正要全面爆發，後來他就去世了。

我還見過洪一峰與洪榮宏父子搭檔，洪一峰為他做小提琴伴奏，他們父子都是音樂家，氣質跟其他藝人都不一樣，當時洪榮宏是最搶手的歌星，我爸爸收藏了他好多唱片。阿國叔叔說，當時秀場都是黑道把持，北中南幾處秀場搶人搶很凶。阿國叔叔繪聲繪影描述著那些秀場的糾紛，黑道如何橫行，藝人們是怎麼為難，後來我聽媽媽說洪榮宏被砍傷了。

餐廳秀平時大多是些小牌藝人串場，有時一邊表演，臺下服務生端上牛排，掀開鐵鍋蓋，嘩啦一陣白煙飄過。客人大聲吆喝，牛排在鐵盤上滋滋作響，臺下人亂成一團，根本不管哪個藝人才剛開口講笑話，或者豔舞跳得正香豔。

當時我一方面沉迷於餐廳秀裡目不暇給的演出，一方面也覺得阿國叔叔著實神奇，除了到夜市幫忙顧攤，其他時間好像都晃晃悠悠的，去聽歌，看表演，他到底是靠什麼維生呢？他為什麼沒有老婆？阿飛叔叔為什麼不跟我們去看餐廳秀？阿國叔叔說，阿飛叔叔去打麻將了。

我知道阿飛叔叔是去媽媽的住處打麻將。

所謂的媽媽的住處，大多是幾個阿姨分租了一層公寓，屋裡都是房東給的家具，三四個阿姨住一層樓，來來往往的叔叔很多。我們是要到寒暑假才會有機會去媽媽住的地方，每一次去，地點都不一樣。但不管搬到哪裡去，媽媽的房間裡永遠有一套綠色的全套家具，梳妝檯、床鋪、床邊櫃，白底綠花，非常典雅。媽媽喜歡買有蕾絲花邊或者秀氣碎花的床單被套，還會有個心型抱枕靠在兩顆枕頭中間。媽媽身上的氣味很香，梳妝檯上擺著一罐一罐高級的化妝品，她跟我長得一點都不像，一張小小瓜子臉，丹鳳眼，高挺的鼻子，小巧的嘴，鼻梁上有一個突起的痣，是肉色的，跟我人中那個黑色的痣不一樣，媽媽連痣都長得特別好看。我臉上的痣就被鄰居嘲笑為「阿久一」，那是當時一個很紅的丑角藝人，她臉上也有個很大的三八痣，因此我非常痛恨自己臉上的痣，從小就想要點掉它，可是爸爸媽媽說，自然就是美，一點也沒有想帶我去點痣的意思，他們不知道我為了這顆痣忍受多少嘲諷，內心有多自卑。

到臺中去，像是去了另一個世界，所有人都換上美麗的衣服，過著奢靡的生活。公寓裡整天都有人醒著，桌上永遠攤著麻將牌，沙發上總是有人歪倒著，茶几上的啤酒瓶堆得滿滿的，牆角邊還有很多東倒西歪的空酒罐。那些XO、白蘭地的瓶子都很漂亮，我有時會偷拿幾個回家，酒瓶子裡散發出一種香味，是很濃郁的香氣。

喝酒要下酒菜，瓜子花生豆乾海帶，雞爪豬頭皮雞翅，切了一大盤，免洗筷子掉滿桌，我都懷疑那些東西是不是早就壞掉了，不然為什麼沒有人把它吃光？

小孩子起得早，就在一片狼藉的屋子裡看電視，沙發上歪倒睡著的是從來沒見過的某某叔叔，他穿著花花的襯衫，坦露的胸口露出一大片刺青。我想起阿飛叔叔說過他沒刺青，「不喜歡身上刺東西。」有次阿飛叔叔很自在地坦露著上身，露出健美的體格，他穿著很緊身的牛仔褲，我發現他的腰好細好細，站在他旁邊的飛嫂說，阿飛的腰只有二十三吋，跟她可以穿同一件牛仔褲。阿飛叔叔說，會刺青的人都是不入流的人，不過阿國叔叔另當別論，他的手腕上有一個小小刺青，是青色的，一支箭穿過兩顆心，阿國叔叔很介意這個刺青，笑說自己是被逼的，「女人啊，總是要你證明，蹦蹦一串心。」阿飛叔叔就笑他了，「誰不知道阿國最癡情。」阿國叔叔臉色一變，沉下眼來，「誰像你，花蝴蝶。」

可是沙發上這個人，既不像阿飛叔叔那麼帥氣，也不像阿國叔叔那麼神祕，他就是個二十來歲的小夥子，好像是大隻阿姨最近的男朋友，但我也不確定。

中午時間到了，阿姨們紛紛起床了，還沒梳妝打扮的阿姨，都有種慵懶萎靡的氣息。有些阿姨眉毛拔掉了，露出光光的額頭，眼睛腫腫的，但並不醜，只是萎靡而已。她們懶洋洋的樣子別有一種情調，大家都會穿一種有長外套的睡衣，外套裡面是短短的細肩帶睡衣，根本遮不住內褲，大方露出的腿都很修長。她們喜歡穿一種有絨毛的拖鞋，上面會綴著漂亮的花飾。每個人的睡衣風格都不一樣，我媽媽喜歡粉色，她的睡衣內裡是最長的，幾乎長到小腿肚了。大隻阿姨喜歡豹紋，睡衣是豹紋，連內衣內褲都是豹紋的。小雨阿姨喜歡小碎花，她的睡衣特別可愛。小隻阿姨的睡衣全黑，質地特別光滑，走動間可以看見她起伏妖嬈的身材，她即使素顏也是美麗的。當她經過我身邊時，身上有一股好迷離的香氣，會讓我頭暈。

根本沒有人吃什麼早餐，阿姨們起床第一件事就是找菸。點上一根菸，猛地吸上幾口，才懶懶散散走出房間，走進客廳裡，開始喝水啊，泡咖啡啊，或者冰箱裡隨便翻找什麼飲料，隨意地喝下去。看見我們孩子在看電視，阿姨就問我們要不要吃便當，早先我已經下樓買過早餐給弟弟妹妹吃了，但聽到吃便當還是很開心，阿姨朝沙發那邊喊著：「小劉，去叫便當。」那個原來叫做小劉的新叔叔就會拿起電話，把話機旁邊的名片本打開，找到金牌便當的電話號碼，叫了幾個便當。

吃便當的日子，大約就是阿姨跟我媽手頭很緊的時候了。住在這屋子裡的人好像生活節奏都是一樣的，有錢時帶我們去吃牛排，逛百貨公司，去看歌舞秀。沒錢時就吃金牌便當，再興筒仔米糕，或者一些有的沒的小吃。便當送來了，照例媽媽都會給小費，不過吃便當的時候，小費也就給一百而已。

阿姨們白日裡食慾不振，便當裡的排骨吃不完就給狗狗吃，一隻叫做巧巧的博美狗在屋子裡亂竄，牠是小雨阿姨的心頭肉，但因為吃太多炸排骨，變得很胖很胖。

有時，阿姨們會相約去洗頭髮，做指甲，做臉，這時她們換上便服，頭髮隨意綁個馬尾就搭計程車出去了。過了兩三小時，大家又回來了。然後就是梳妝打扮的時間，到了傍晚，每個人突然都像灰姑娘變身一樣，從各自的房間裡走出來，長髮微捲，大波浪，或者瀏海吹個飛簷，我媽則永遠都是法拉頭，她們換上了漂亮的小禮服，每個人都美得不得了，身上香噴噴的，腳踏高跟鞋，提著小包包，這時屋子彷彿又醒過來了。出門前媽媽會給我們錢，叫我們要乖，阿姨們也會給我們零用錢，叫小劉帶我們去夜市逛。一陣叮叮咚咚的聲音傳來，小隻阿姨走出來了。天啊，無論看多少次，我還是覺得她好美，她手腕上掛著串串手鐲，一襲白色削肩禮服，頭髮挽成髮髻，露出像天鵝一樣修長的頸子，她彷彿才剛醒來，可是臉上的妝容已經無懈可擊，她對我們露齒一笑，卻不知道自己在笑些什麼，這時樓下的計程車來了，阿姨們魚貫下樓，又都不見了。

媽媽跟阿姨上班的地方我不知道在哪裡，我問過阿飛叔叔很多次，他總是笑笑不回答。有一次阿姨跟媽媽都出門去了，阿飛叔叔突然說要帶我出門，阿飛叔叔偷偷把車開到了一個地方，我問他要帶我去哪，他說，妳不是一直問我大姐在哪裡上班嗎？我帶妳去看。

我記得那棟建築，走廊好高好高，一下車，就看見那高高的門廊點著無數的燈。阿飛叔叔帶我走進去，只見高梁列柱，彷彿宮殿一樣。到處都是水晶燈，地上鋪著華麗的地毯，有些穿制服的人走來走去，阿飛叔叔說，我們看一下就走。我在大廳裡走逛，都沒看見媽媽。走出店外，阿飛叔叔指著一個招牌說：「名字很棒吧？」我看見招牌上寫著「紅樓夢」。

那個記憶就像夢一樣，我人生第一次與紅樓夢相遇，是在那間豪華的屋子裡，我以為那是灰姑娘參加舞會的地方，我一直這樣想著，阿姨們變身走出家門，一定是搭上南瓜車去參加紅樓夢的舞會，深夜裡她們又會變身，然後搭上南瓜車安全地回到家來。

幾年後，媽媽正式搬回家，我們一家五口住在店鋪上的小閣樓，那之後，媽媽與過去朋友幾乎完全斷了來往。

我們也像切斷過去那樣，對於家裡欠債，母親曾經不在家這件事，隻字不提。

幾年後，我們又重回聚落裡的老屋，有次我接到一通電話，打電話的人是個女子，她問我是不是某某，她說她是小隻阿姨，想跟媽媽說話。媽媽跟小隻阿姨聊了好久，後來她掛上電話，跟我說，小隻總算嫁人了。她說現在在中壢賣牛肉麵，老公很疼她，剛生了小孩，是個男孩子。媽媽說完擦了下眼淚說，以前我最擔心的就是小隻，就怕她吸毒吸到身體壞掉，小隻是最命苦的，可是現在她轉運了，要過平靜日子了。

然後她像想起什麼似地突然閉上了嘴，彷彿是記起了跟父親的約定，轉身就下樓去了。

夢途上．之二

在街上下了公車，發現竟然有通往我村的接駁車，我興致高昂地搭車，原本十五分鐘的路程不到五分鐘就到了，我村竟然變成了知名的觀光勝地，從村口就可以看到各種小吃攤販，小販身上都穿著紅色的背心，街道到處都掛著鯉魚旗，旗上寫著「春風祭」幾個字，我沿著鯉魚旗導覽，走到了我們聚落的入口。

記憶裡那曾是一片空落許久的田地，後來有一度變成水池，最後地主蓋起了彷彿宮廟又像是土豪宮殿的獨棟住家，這個地主並不是我們聚落的人，卻將聚落的門面整個擋住了，引發聚落長老的不快。但那棟醜醜的宮殿不見了，變成一片平臺，我們聚落的屋子也都變了，家家戶戶彷彿經過一體的設計，都變成兩層樓房。清一色是木製的正門，白色建築體，二樓有著黑色的斜屋頂，家家戶戶張燈結綵，遊客如織，我實在想不出我村變成觀光景點的原因何在，但越往聚落深處走，越發覺得這裡早已不是我所熟悉。原來村落裡發現了巨型的石窟，石窟裡有壁畫塗鴉，這就是觀光客來訪的重點。

我在一片相似的房屋裡尋覓我家，卻發覺我家已不在原處，而是變成了一個半穴居的屋子。爸媽在門口擺了桌子，有投錢箱，因我家的洞穴裡有神氣佛，入內參觀必須投幣。

爸媽與村人一樣穿著紅色背心，忙碌地張羅訪客茶水，我找不到可以放置背包的處所，便問爸媽，我晚上要睡哪？媽媽神祕地對我使眼色，然後將我帶著走下通往洞穴的階梯。洞穴是乳白色的，感覺經過油漆粉刷，洞穴大小不一，裡面都有桌椅，三三兩兩的訪客在穴中談話，我在媽媽的帶領下走到最裡間，她說那是我們住的地方。那是洞中之洞，從入口進去彷彿通道一般，兩側都另有小的洞穴，其中一間就是我要過夜的地方。

我問媽媽生意好嗎？她說有神氣佛保佑，生意很好。我又問她神氣佛在哪？她說只有虔心的人才看得見。

夜裡我與媽媽同睡一穴，雖納悶爸媽一向最鐵齒，神佛不信，怎麼可能變成供奉神氣佛的人？可是如若他們終於有了信仰，即使是聽來詭異的神氣佛，我也衷心願意信仰。爸媽似乎都年輕許多，既然有洞穴與神氣佛的生意可做，也不必擔心他們在夜市受苦。

我躺在洞穴地上鋪設的軟墊，睡夢中感覺洞穴越來越小，彷彿一張嘴，要將我們吞沒似地，那時神氣佛出現了。神氣佛長得很像土地公，卻有著彌勒佛的大肚子，神情非常慈祥，我在驚慌中喊著，神氣佛救我！

便清醒過來了。

現實裡的我住在朋友家中，每次要回臺中探望父母，便要到臺中友人家借住。因我家雖是一棟小透天，卻只有兩個房間，但兩個房間都被家人堆滿東西，爸媽這些年早已搬到爺爺奶奶留下的三合院居住。三合院除了那間整修過的一房一廳，其他幾乎都坍塌了。爸媽現居的一房一廳是新婚時居住的，五十年過去，他們又回到了原點，三合院的屋況令人擔憂，但母親仍在院子裡種花養貓。離三合院幾十步路就是我家的透天厝，我知道那個聚落永遠也不會變成什麼觀光勝地，不會有神氣佛照撫庇蔭，那棟醜得要命的宮殿依然矗立，那兒永遠是公車到達不了的地方。

我的夢永遠都是家人，我總是夢見老家改建，夢見那棟破舊的屋子變得煥然一新，宜於居住，而每次從夢中清醒，我總是為了回到現實而感覺苦痛。

事實上我早已成家，擁有自己的屋子，坐落在那遙遠鄉居的破舊透天厝已經可以與我無關了，可是我還是一次一次回到那老家改建的夢中，一次一次清醒時感到遺憾。

母親脊椎開刀復原後，依然居住在三合院，父親每天兩次會回到老家保養他的音響，洗衣服，晒衣服。母親於二〇一八年終於開始領一個月一萬六的勞退基金，但父親依然堅持到夜市擺攤，一年幾次我回到家，鄰家的表嬸會來告訴我，勸勸妳父親，年紀大了還搬這麼多貨物，太辛苦。

我心虛地想，或許父親說的沒錯，只靠一份退休金怎麼生活呢？我感到自責又覺得茫然，這個家庭從多年前負債開始，就一直處在風雨飄搖的狀態，這風雨何時會停歇呢？

如果真的有神氣佛，他會如何為我們開解呢？

輯三

第十章
黑暗中的星光

國二下學期課業特別難，大家都去補數學了，我自然也跟上。補習班位於學校與我們在豐原的服飾店途中，來回都得搭許久的公車。

那是一個在當地甚有名氣的男老師，教室在大路邊的二樓。上課時間，一整班四十幾個學生哇啦啦衝上樓，教室前端是辦公室，大家都把鞋子脫下擺在辦公室旁的鞋櫃，才走進教室。辦公室裡除了櫃檯跟辦公桌椅，角落醒目地擺放了一架山葉鋼琴。

彼時我算是好學生，補習只是為求保險，我的數學成績在補習班裡排第二名，每次考試總是輸給一個姓高的男生。我們倆從不說話，彼此都知道姓名，大約就是一山難容二虎那種態勢，但我的勝率只有三成，可就是那三成也夠叫他對我另眼相看。他就讀的是豐原市區升學率很高的國中，而我僅是鄉下國中不起眼的學生，可是老師最疼我，因為我會彈鋼琴。老師與師母像疼愛自己的孩子那樣對待我，上課前我會得到一杯茶，幾個點心，一些水果。吃完東西，就去坐在鋼琴前彈一首曲子。

那幾乎像是儀式一般的行為，在數學老師與師母許可下進行。上課前兵荒馬亂的時刻，大家窸窣地脫鞋，所有人都還毛毛躁躁地拿書包、打打鬧鬧，而我已端坐在鋼琴椅上，閒適地準備彈千篇一律的理查克萊德門。一旁有幾個同學站著聽，老師與師母都在櫃檯裡等著我開始彈奏，至今我仍不懂當時的氣氛為何如此慎重。國中時期的我頂著齊耳短髮，長相平庸，身上沒有任何出色的特質，唯有數學成績好，會彈幾首曲子，但老師夫妻倆對待我卻像是什麼稀世珍寶，呵護備至。因為老師的格外重視，其他同學也對我特別在意，除了那個高姓男同學。我早早懷疑他也會彈琴，當大家讚嘆地在一旁看著我正襟危坐彈著那幾首重複的曲子，我知道唯有他識破了我。他絕對早就看出我不過是練了幾年鋼琴，最後因為手掌太小、天賦有限放棄了練習。當我們舉家從鄉下透天厝搬到豐原鎮上的服裝店時，父親千里迢迢搬來我的鋼琴，那架分期付款三年才繳完的琴，不到半年就因為店裡太過狹仄而廉價賣給了我姑姑。我沒有繼續彈琴，父親連一本琴譜也沒為我留下。我只是裝模作樣，為了滿足老師與師母的虛榮心，在那兒彈著通俗的鋼琴曲。

據說高姓同學的父親是音樂老師。

但只要我還端坐在那兒，只要老師認可我，我就可以繼續維持我生活裡少有的優勢。我不漂亮，可是我會彈琴，而且只要我願意努力，我可以把數學讀好。

高姓同學從沒跟我說過什麼話，只是在模擬考時我考個九十八分，他就考九十九分，甚至一百，以沉默高分直接打臉。

我幾乎不知道他長得什麼樣子，因為我天性彆扭，沒有正眼看過他，只知道他身邊總夥著一群人，我身邊自然也是。他身邊是些頭髮毛燥、偶爾會在樓梯間偷抽菸的男生，我不知道他抽不抽菸，但我想肯定沒有，即使我倆不曾直面相視，我覺得他應該不會抽菸，大概也不打架，他個子很高，應該是好學生，只是故意裝酷耍壞，以便融入人群。他們那群人每次呼嘯而過時，我總會瞥見他一頭稻草似的亂髮，比旁人高，比旁人傲，無論多難的試題，他總是一股旋風似地快快寫完，提早離席。我們兩個就像最信任彼此的敵人，僅靠著默契就可以聞嗅出對方今天的狀態，他寫得快，我也寫得快，好像除了要把題目答對，還得寫得夠快，才算贏得俐落。老師總說他有兩個愛徒，一是高，另一當然是我，但因為我會彈琴，以及某種我不解的原因，老師更多愛我些。那一年我們都被送去參加縣級的數學競賽，照例是他第一我第二。後來開始有人會在教室課桌上刻字，寫著高某某愛陳某某。

與我一起上學的兩個女孩，小芳與小孟，功課普通，卻都長得高大豐滿美麗，很早熟的那種女孩。那段日子，我們一起下課，一起吃晚餐，然後去補習。有一次小芳小孟和另一個女孩邀我去看電影。出發前女孩們說要打扮，三個女生一起進了小芳家浴室洗澡，還把我也拉進去，小小浴室間，女孩們豐滿的青春滿溢、彼此潑水、比較身材、拿對方身上的特徵開玩笑，討論男朋友等等。我羞得面紅耳赤，她們樂不可支，我才知道她們有暗戀的男生，也有追求者，她們笑問我是不是喜歡高同學，我不敢回答，她們又說要去幫我打聽，我直嚷著不要。那天看的電影是香港少女團體拍的，電影裡就是我眼前的青春爛漫、笑聲盈盈。那陣子我迷上了跟這些成績不好的女孩之間的相處，喜歡聽她們不正經地開玩笑，勾搭男生，彼此調侃。她們都好會玩，好會打扮，但她們要幫我化妝我都不肯，要我穿裙子我也不要，我不知道自己著迷她們什麼，或許就是那種很女孩的世界，是我身上沒有的特質。

人家是因為功課不好才來補習，而我與高同學去補習像是炫技，我們身上都有股好還要更好的蠻勁。我聽說他哥哥是臺大高材生，而且還是個民歌手，想來他壓力也不小。

下了課總是九點半了，每次去補習，小芳小孟總會陪我去站牌搭車，但有一次，她們有事得提早離開，我就自己去搭車。大馬路邊上的公車站牌，我等著車，突然一個騎著摩托車的男生來跟我搭訕，問我要去哪。我不回答，他仍不停糾纏，後來索性開始拉扯，企圖把我拉上車。我大喊救命，向旁邊一對中年夫妻求救，但他們並沒有上來搭救，反而攔了一輛計程車。於是我用力甩脫男孩的手，衝進計程車裡，問那對夫妻為什麼不來救我，他們納悶地說：「我們以為你們是情侶吵架！」回到家我跟家人訴苦，父母急得不得了，立刻打電話去補習班，不讓我補習了。

我跟爸媽吵了很久，後來是補習班老師承諾，下了課會開車送我回家，爸媽才答應讓我繼續上數學課。

雖說是老師主動照顧，但每週幾次這樣接送我，我覺得很過意不去，同學私下也都閒話不斷，「為什麼老師偏心，讓她彈琴，又開車送她回家？」意外過後的補習班模擬考，我贏了高同學拿下第一名。老師發試卷時高同學上前領卷，我看到他回座時瞥了我一眼，我一時心慌，對他點了點頭，他也對我點頭，他的表情似乎是說：「不錯嘛，即使受到驚嚇了，但考試也沒失常。」頗有英雄惜英雄之感。我很少把自己當女孩，我猜他也沒把我當女孩看待。

有一日小芳跟小孟對我說，附近有個女老師私下開小班課，聽說效果很好，他們想去那邊補習，也拉我一道去。我不是真的想跳槽，只是覺得每次經過那個站牌，心裡都有陰影，且我也想跟小芳小孟在一起，於是私下跟她們去上了那個女老師的數學課，很溫柔的老師，教得也不錯，但我並不想真的離開原本的教室。沒想到我才去上了一堂課，老師就發現了，他打電話到我家來，說我背叛他，用受傷的口吻抱怨我忘恩負義，說他如何真心待我、疼愛我，我竟然帶著同學跳到其他補習班，如此云云。老師說得頭頭是道，但都不是真的，我無故受人恩惠，又遭到誤解，年少氣盛的我不知如何處理，索性就兩家補習班都不去了。經過那次事件，我像突然想開了似地，察覺自己因著迷開心少女的生活，功課可能落後了，當時的我，除了考上女中沒有其他念想，什麼都可以捨棄。停掉補習課之後，我也不跟小孟小芳玩了，獨自上下課，晚上自己夜讀，偶爾會想起補習班老師與師母，他們待我真好，我恨自己逞強，要是當時道個歉，解釋一下，或許就沒事了，但好強一直是我的弱點，我不知如何克服。我偶爾也會想到高同學，不知道他聯考準備得如何了，他會不會因為我的缺席感到在意，我在意他，想贏他，但也不想讓他難受。想著想著，又覺得自己好笑，還是認真讀書吧。

後來高中聯考放榜我跟高同學都考上了第一志願，但再也沒有任何關聯。幾年後大學聯考放榜，我刻意去查了高姓同學的名字，因他名字特殊，想來也不會重複，他果然考上了比我更好的大學，算起來分數大概也是在十幾分上下吧，但距離他哥哥的學校還差了一點。

查完榜單，我覺得很安慰，替他開心，也感覺一個隱形的對手終於不再是對手的輕鬆。我的國中生涯因為忙於幫父母顧店，只能在服裝店收攤後熬夜讀書，店裡生意好，父母忙到發怒，怨我不盡心幫忙。我捧著書本顧店，客人都說我乖，我卻難受得想哭，心中埋怨父母不支持我讀書，焦慮時間分秒流逝，書怎麼都讀不完，我沒把握可以考上女中。

那時的我一臉青春痘，覺得自己醜，若不能考上第一志願，能有什麼光明的未來？黑夜裡，我總是夢魘，在黑暗中渾身不能動彈，得經過很長的折磨，才能真正掙扎著清醒過來。夜裡我大多在讀書，白天課堂上總是打瞌睡，國二國三兩年，在極度的壓力下度過。

高同學的存在很像是黑暗生活中一個閃亮的星光，我無論多疲勞，總想著要贏他，只要一直追著他，我就可以前進，追著他走進未來，是我生存的方式。補習班老師對我的照顧是難以報答的溫暖，雖然我沒有處理好自己的情緒，甚至沒有寫過一張卡片跟老師說謝謝，多年後我路過那個地方，看到補習班的招牌還高掛著，心想老師一定還是那麼受歡迎。不知道有沒有其他同學彈過那架鋼琴，老師曾說他不曾對哪個學生像對我那麼好，以前我不信，後來我想想，他說的應該是真的。

第十一章　清晨的菜市場

小學時代，父母除了晚上在夜市擺攤，早上還會去菜市場賣衣服，剛開始擺攤的地方是豐原果菜批發市場，以及現在已經改成停車場的小市場。記憶裡父母總是分開擺攤，後來父親發現我可以顧攤子，就把一個攤位讓我顧。

回想起來真是不可思議，暑假期間，我天天都在小市場擺攤，父親開車幫我把貨物載到市場，他就得趕去其他地方了。我們的攤位是在菜販與肉鋪中間的走道上，隔壁是個賣養樂多的阿姨，我們的攤位很小，一個一千萬大洋傘就足以覆蓋整個攤位。攤子簡陋，通常就是一臺推車上擺個大紙箱，紙箱上再橫擺一個淺的紙箱，展示要賣的衣服，下面大紙箱則存放庫存備貨。

我依照父親交代的方式打開展示架，那是一種鐵製的架子，就像樹枝那樣發插出去幾個吊桿，可以吊掛三件衣服。我帶去的貨通常不會太複雜，同樣的價位，比如一件二九九兩件五百，讓客人自己搭配。大概六七點到市場，攤子擺完就等客人上門，我都會帶著弟弟妹妹去，一方面是他們在家裡沒人照顧，二來是客人多的時候可以幫忙找錢或包裝。

養樂多阿姨人胖胖的，小小的五官擠在一張圓臉上，顯得很和藹，我看不出她幾歲，她的攤位很小，生意很穩定，也很清閒。等到八點過後，市場就會有一波人潮，大概要忙到十一點才可以稍作休息。我們家是做武市的，武市得叫賣，我自己顧攤當然就是我叫賣，拉張小板凳站上去，扯開嗓子喊：「走過路過不要錯過，跳樓大拍賣，老闆跑路了，一件二九九兩件五百，買到賺到。」因應客人多寡可以改變話術，其實講來講去就那幾句，都是跟媽媽學來的，但不知那段時間為什麼生意那麼好，有時也不太需要大聲叫賣，不需要什麼特殊花招，擺好攤，衣服掛上去，客人就湧上來了。小小的攤子擠滿人，一件兩件三件地包，忙得暈頭轉向，人潮一多，妹妹也得幫忙顧攤了，因為會有人偷衣服。不得已的時候，弟弟也要混在人潮裡留神看，真的有些大媽非常大膽，衣服一件兩件往身上穿，穿完就走人，我弟弟總是會跑去拉著人家衣角，大喊著，妳還沒付錢！我們真的忙不過來時，就會大聲喊爸爸，媽媽，假裝攤子上有大人，嚇阻那些大膽的衣服小偷。說起偷衣賊，真是最奇怪的一種小偷，她們通常看起來就是普通大媽，有些甚至衣著光鮮，打扮華麗，可是卻大膽地在身上穿上兩件新衣，包裡還要塞進幾件，然後轉身就走。等我們走上去抓住她衣角說，妳還沒付錢！有人會說，哎呀，忘記了啦！也有人會說，那還你！但也有些人會突然生氣說，我只是試穿看看。因為我們只是小孩，不敢抓住人家喊小偷，只能希望她們把衣服還給我們，就算了事。有時遇上刁蠻的客人硬說那是她自己的衣服，我們被逼得沒辦法了，養樂多阿姨就會出來打圓場。她會說，哎呀，太太，妳一定是試穿衣服弄錯了，妳看，這件跟架上掛的是一樣的啊，不喜歡不買沒關係。好說歹說，才說服對方把衣服脫下來。

小孩子顧攤會被欺負，但也有好處，附近的叔叔伯伯阿姨嬸嬸都會幫我們顧攤，大家都好奇為什麼我們生意那麼好，有些大人會開玩笑說我是天生的生意孩子，誰娶到都會發大財，我的臉就會紅得不得了。

小市場的攤位穩定，生意也穩定，做起來算是舒心的。父親答應我過完這個暑假就要幫我買一臺錄音放音廣播三用的錄放音機，那是我朝思暮想的東西，為此我甘願天天去賣衣服。擺攤時，天氣熱得不得了，在陽傘下還是會熱出一身汗，可是只要客人來了，只要衣服一件一件賣掉，霹靂袋裡的錢越來越多，我就覺得開心。從小我就是使命必達的性格，爸媽甚至覺得我一個人擺攤，賣掉的衣服比他們還多。

不知是不是爸媽有囑託阿姨要照顧我們，阿姨總是會給我們喝冰冰的養樂多。弟弟年紀小，阿姨很疼愛他，會給他吃自己做的小點心，市場有賣雞蛋糕的攤子，阿姨也會買給我們吃。攤位附近有個公廁，我們都去那兒上廁所，有一回弟弟去廁所好久沒回來，我們急得到處去找他，我那時心想，如果把弟弟弄丟了怎麼辦？後來是阿姨急中生智，想起弟弟可能是上完廁所出門拐錯了邊，於是循著另一邊出口去找，很快就找到了。

顧攤的日子千篇一律，總是幾個小時熱鬧，之後就會慢慢平靜，可是光是那幾個小時的忙碌，過後也夠讓人疲憊的。那時攤子比較大，得等爸爸開車來載，所以我們總是最晚離開的，阿姨臨走前總是會交代我們不許亂跑，要把地上的塑膠袋收好，然後又給我們幾罐養樂多，說真的，那時間早就過了午飯時刻，肚子都餓扁了，我們只能再喝養樂多解饞。弟弟已經幾乎要睡著了，妹妹不知去附近哪裡的雜貨店買了零食，我們就把弟弟叫起來吃。

等到附近攤商幾乎都收光了，只剩下清潔人員在掃地，我擔心他們等會就要來趕我們了，這時候，才看見爸爸的車開過來。他總是在最後一分鐘才趕到。

比較艱難的是去果菜批發市場擺攤，壓力很大，每天都像在打仗。有段時間不知為何，父親總會叫我帶著弟弟妹妹走很遠的路去批發市場賣衣服，我們在那兒沒攤位，所以我是做流動攤販，一臺小車就在路中間霸著，就地開始叫賣，有時人好不容易聚集過來，旁邊的菜販不高興了，把我們趕走，我就得推著車子一路走找位置。人潮又圍過來，我又開始賣，得搶著攤商生氣之前的一二十分鐘把衣服賣掉，父親說，人家看妳是小孩，不會趕妳。其實我還是會被趕，只是菜販不會太兇，就是揮揮手叫我快點推走，可能因為我們三個孩子看起來挺可憐的，大人多少會留點情面。有些人會讓我們多賣幾件衣服，過一會再趕，就這麼半小時半小時地偷賣，也能賣掉不少。而且因為不用攤位租金，賣多少賺多少，當時果菜批發市場人潮洶湧，客人手上都大鈔，買衣服很豪爽。

好不容易小推車上剩下沒幾件衣服了，應該很有成就感，不過那時腎上腺素發作完，感覺都虛脫了，我把攤子收好，帶著弟弟妹妹又走很遠的路回到店面去。

常會有人走過來問我們，爸爸媽媽在哪裡？好可憐，怎麼自己出來擺攤子？弟弟在一旁的紙箱裡乖乖坐著，有時會有人把零錢投進他的紙箱裡，讓人哭笑不得。

大人說什麼，我總是笑笑不語，他們一定不相信我們不是什麼流浪兒，我父母在市區開服裝店。每天晚上我們家店裡都生意興隆，大家以為我們日進斗金，但是那些錢去了哪呢？我不知道龐大的債務到底用什麼方式償還，我只知道我得用力認真叫賣，我得把這紙箱裡的衣服全都兌換成現金，幫助父母還債。

我其實不清楚金錢的價值，但我喜歡賺錢，我必須賺錢，只有賺錢才能讓在遠方的媽媽快點回家。

記憶裡的菜市場，最硬的場子就是去東勢跟鹿港，父親租下這兩個攤位，初三十七跑東勢，每個週日去鹿港。東勢的攤位是一家金飾店門口，本來是賣豬肉的攤子，肉攤休市的時間就讓我們賣衣服，爸爸總是會把塑膠布鋪在那個木頭檯子上，然後站上去賣衣服。當時東勢市場的生意好翻天，據說都是山裡的人下山來採買，看到新穎的服飾自然要買的。從豐原開車到東勢差不多四十幾分鐘，但因為市場不好停車，我們幾乎都是四點半五點就出發了。鹿港的攤位是一家金紙店，那是三角窗的位置，多年前攤位租金就要一千五百塊臺幣，東勢更貴，要一千八。從豐原到鹿港我記得更遠，但路程上我都在睡覺。

或許因為早年欠債養成的積習，父親非常勤奮，近乎過勞。只要隔天要去菜市場，他幾乎都沒睡，因為他容易焦慮失眠，擔心早上起不來，按了兩三個鬧鐘也不放心，有時就閉著眼睛等天亮。從小去鹿港跟東勢都算是我的噩夢，前一天夜市收攤都十二點多了，第二天四五點起床，大家都睡不了多久。我擔心爸爸失眠，害怕媽媽生病，冬天著涼，熱天中暑，每一天都是硬仗。除掉這些憂慮，外地的菜市場很好玩，會賣很多有趣的東西，但是每次見到父親睡眠不足發紅的眼睛，看見媽媽康貝特一瓶接一瓶地喝，我就知道她又不舒服了。

我們很少花錢，一早上賣了幾萬塊，中午頂多也是吃路邊的麵攤而已，從來也沒吃什麼館子，一家人也不曾去哪兒玩。父親節省得近乎吝嗇，點菜時小菜若超過三樣他就會臭臉了。市場裡賣的各式各樣好玩的東西，我都趁著去上廁所時逛一下，這兩個市場的客人很少殺價，衣服一買就是好多件。每個人手上都提著大包小包，在人潮呼來喝去的市集裡拚命地擠，總想擠進已經水洩不通的攤位裡，我們就要很仔細地盯著看。父親坐在一個高高的椅子上，胸前掛著麥克風，誰誰誰經過他眼前都牢記，遇上小偷他立刻跳下來，用麥克風大喊，小偷別走！

那時節，最煩愁的就是小偷跟下雨。

天要下雨，誰也沒奈何。下雨天，市場還是有人，只是少了些，但是地上都是髒水，衣服只要被弄掉在地，就算是毀了。所以下雨天我們不但要防小偷，還得留心客人手上的衣服會不會掉，因為人太多，彼此擦撞或者試穿時都有可能滑落。或是有人一次拿很多件想到旁邊去試試看，都會被我爸喝止。父親做生意時臉色很嚴肅，他又寡言，其實客人都很怕他，有些婦人問爸爸，這件我穿得下嗎？父親不懂婉轉，總是一句就回，穿不下啦！不要試穿，免得把衣服撐壞。

在市場做生意，連一向溫和的媽媽都會發脾氣。

不過到了鹿港小鎮，氣氛特別好，市場裡賣的都是少見的東西，那邊的攤位比較大，地上也沒有水，乾乾淨淨的。但是父親把攤子開得好大好大，光是要顧攤就是一件難事，跑前跑後又沒個遮蔭處，真的很累。最開心的就是十一點過後，客人少了，媽媽會給我們一點錢，讓我們去吃麵線。鹿港的麵線是肉羹麵線，小小一碗，有很多切碎的肉羹，麵線跟我們豐原賣的不太一樣，湯頭特別甘甜。我有時會吃上兩碗，再去附近買一個鹹餅。那時我覺得鹿港的建築特別漂亮，只是小巷子很多，不小心就會迷路。那個市場很大，我從來也沒有真的逛完過。

人山人海的菜市場，夏天炎熱冬天冷，唯一的好處只有買買買，賣賣賣，鈔票像潮水滾進來，把衣服一件一件賣出去，就可以換回鈔票，塞滿口袋。生意好的日子，收攤後，爸媽雖然疲憊，但貨車裡衣服變少了，口袋飽飽的，他們臉上就會有一種說不出來的神情，也不是快樂，應該說是安心吧，又累又安心。

從鹿港或東勢回程的路上，收完攤大概兩點，回到豐原都快三點了。回程時大人小孩都在瞌睡，只有父親一雙紅眼睛還醒著，以往總是媽媽幫爸爸指路，但連媽媽都睡著了。我曾經看過父親在從東勢回神岡的路上，一直輕甩自己巴掌，想把自己弄醒，看得我滿心內疚，不敢再睡。換做一般人，覺得睏應該會停在路邊睡一下吧，可我父親不是一般人，他寧可甩自己巴掌以便保持清醒，他的神情堅毅得讓人害怕。

只有到了豐原時，大家都醒了，爸爸就像沒發生任何事那樣，帶我們去吃午餐。他都會帶我們去吃一些好吃又便宜的店。比如一家快餐店，他們供應的熱湯是放在裝飲料的鐵桶子裡，讓客人自己用杯子倒來喝，那是鹹鹹的柴魚湯。爸爸特別喜歡吃這家的排骨飯跟爌肉飯，我們則是很喜歡喝湯，弟弟以為那是鹹的飲料，覺得很好玩。不過吃飯時，大人都累得不說話了，一家人埋頭苦吃，既不聊天，也不說笑，旁人看來就像是一群餓過頭的人，滿頭汗，一臉疲憊，像是遊民吧。

回到家，已經很累了，爸爸上樓瞇個一小時，晚上的夜市就要準備開始了。從星期六晚上到星期天早上，再熬到星期日晚上，等夜市收攤，我覺得爸爸好像已經累垮了。有時中間碰上缺貨，他根本連打個瞌睡的時間也沒有，一把我們送回家，就立刻到沙鹿去補貨，補完貨，又要趕去夜市了。最怕的就是初三十七是週六早上或週一早上，那就是兩天兩夜的大戰。媽媽私下很多次告訴我，每次做完這兩天兩夜，她幾乎都要死掉了，如果遇上生理期，那就是生不如死，根本熬不過去的漫漫長征。我不知道父親如何想，他一定更累，因為重活都是他在做，可是決定權也在他。想勸告父親放掉一次菜市場生意，他都不肯，他說那些是他辛苦多年才熬到的位置，那邊生意好，普通夜市比不上，一次不去就少賺好多錢，還要白費租金。「我自己也很累啊！」父親說。是啊，誰能比他累呢，可是我自小就有個疑心，我感覺不是吃最多苦的人做的決定都是對的，但我沒有辦法反抗他的決定。母親體弱多病，但無論身體如何，菜市場她都得跟著去，記憶裡母親時常苦著一張臉，在攤位上唉聲嘆氣。可是不管身體心情如何，等到客人湧上來了，她就得打起精神，走到前面去，開始吆喝賣東西。

我是個愛賺錢的孩子，只要在場，我就願意幫母親上場吆喝，我願意自己推著攤子去擺攤，願意整個暑假都在菜市場裡度過，因為我以為那是唯一可以拯救母親的方法。可是錢賺了，還要賺更多，感覺永遠沒有盡頭，那像是一場苦刑，因為父親母親在受苦，我們也不能倖免，這世界上永遠有賺不完的錢，想要有個正常的家庭生活是不可能了。我感覺我們家就像搭上一輛沒有方向、也沒有下車地點的列車，只能順隨命運開往何處。但我唯恐那個掌舵的人，自己也不知道要把我們帶向何方，不知道何時能夠下車，不知道是否早已偏離軌道，遠得回不了頭了。

我們就這樣搭著那輛破舊的貨車，駝滿貨物，隨著命運漂流，一站熬過一站，一場做過一場。雨天炎天，無論季節如何，都有我們一家五口慌亂的身影，收攤時菜市場裡的風吹起來，泥濘的路上有一個垃圾袋翻飛，那紅白條紋的袋子彷彿一隻斷了線的風箏，紛紛亂亂地在我眼前飛舞著。我想去追那個袋子，就小跑了幾步，鼻腔裡都是蔬菜魚肉的味道，過午了，生鮮變成腥腐，刺激著我的味覺，感覺那逐漸變質的氣味寫盡了生命的艱難與人世的蒼涼。一個過於早熟的孩子，臉上的熱汗漫過眼眶，感覺眼前矇矓，一切都看不清楚了。

夢途上・之三

那是我常去運動的公園，位於臺北市一老舊住宅區附近的小公園。是那種聊勝於無的公園，不規則形狀，公園裡有個老舊的涼亭，碎石健康步道，幾個小孩爬高爬低的遊樂設施。不知何故，以往總是在那兒繞圈走路的我，竟然在看顧一個女裝的攤子，攤位不大，就是幾個鐵桿架起的臨時攤位，賣的都是運動休閒套裝，男女都有，胸前都有印著倒勾的假耐吉，四條槓的假愛迪達，以及最新流行的AM品牌，都是假貨。還有美國AF，AE等休閒品牌則毫不遮掩，一字不改地標上去。客人嘩地湧出來，一人一套兩套地包，貨架上的衣服很快就半空了，這時爸爸跟媽媽出現了，他們推著車子，上頭堆了好多衣服，嘴裡嚷著，還是妳會賣啊，我們擺攤生意都不好，妳連這種小公園都可以做起來，應該跟我們回去夜市啊。

爸媽熟練地一下子就把架上補滿了貨，客人卻突然一個都沒有了。

他們拿出兩個折疊椅，就坐了下來，彷彿再等一會客人就會出現了。

「妳都不叫賣，怎麼有客人？」爸爸說。

「我老了啊，喊不動了，有女兒怎麼不叫她喊？」媽媽說。

我臉上突然一股燥熱，想起公園邊有我常去的美容院、熱炒攤，還有一個日雜小店，我有時會進去買點小東西。這是我四十歲生病那年與戀人首次搬進臺北市區，卻遭遇了一個漏水老屋，每次因為病痛以及與戀人的爭執痛苦不堪的時期。那時，我在這小公園的石椅上不知道哭了多少次，我不知道該怎麼辦。我深愛著戀人，可是卻對同居生活感到絕望，我精神好時就在公園走路，心情不好時就在公園發呆，絕望時就在公園哭泣，可是也偶有好的時候，我與戀人在公園裡看花看樹，去小店採買東西。

是這樣的公園啊，不是賣衣服用的公園。

可是爸媽好像已經把這裡當作地盤，當作他們好不容易找到的免費攤位，正如我們豐原的公園，父親五點晨起早早去占位置，就可以把衣服賣給來運動的人潮。

我不要。我說。聲音低啞得幾乎無法辨認。

我長大了，我在寫作，我不要賣衣服。我又說。

可是只有妳賣得掉那些庫存，只有妳可以把任何東西都賣掉，只有妳，只有妳啊。

父母的聲音變得像耳語，有點不確定似地，他們好像很怕我生氣，他們老得可憐兮兮的樣子，我從沒見過他們那麼老，兩個人並排坐在攤位前，彷彿兩個可憐的棄兒，多年後，已經變成是我拋棄了他們？

但我不是早就已經遠離家鄉，遠離親人，成為一個孤獨的寫作者？我不是早就脫離那必須放聲叫賣的日子，媽媽不是好不容易到了可以領勞保退休金的日子？為什麼他們還是那麼貧窮脆弱的樣子？我該怎麼辦？

我慢慢走向他們，我逐一拿起那些粘繡著錯字的虛假名牌運動服飾，用力將假標籤撕掉，可是有些根本就是用繡的，撕扯不掉，我無奈又無力地只好把衣服又放回去。「賣仿冒會被警察抓的，我們趕快收攤吧。」我說。

可是那些衣服又重又多，我一個人一件兩件拿下來，放進旁邊的橘色大塑膠袋裡，感覺衣服多得像是一座大山，是我永遠搬移不完的，那座山就這樣突然向我倒下來，整個貨架都傾倒了。

在重擔倒在我身上時，我突然想起了，這是夢，不是真實。因為那被撲倒的力量並不太沉重，而我的身體彷彿只是被空氣穿過一樣，並沒有感受到任何疼痛或重擊。更重要的是，我看到阿早，我的戀人，他遠遠地走過來了。看見阿早是個徵兆，每次我做惡夢的時候總是會看到他，他的出現總是會提醒我，過去的都過去了，他就是分界點，以阿早為界，我再也不是那個逃家的孩子，我已經有了自己的家，我也有能力回到我父母的家了。

我雙手一揮，那些貨物就像雲一樣飄走了，爸媽還坐在椅子上，可是他們的臉是那麼年輕，好像他們才新婚，我還在媽媽肚子裡。

那是所有一切傷害尚未發生之前。

如果一切可以重來，我要在幾歲時喊停呢？我企望生命在什麼時候把握住，不讓任何人事物侵擾、重擊、傷害這個家呢？

如果生命重來一次，那些傷害我避得開嗎？我會在應該逃走的時候，更早地逃離嗎？

如果生命可以重來的話，如果，生命，可以，重來。

如果。

輯四

第十二章

流浪者之歌

通常那都是一塊空地，可能是被填平的農地，也可能是市區裡閒置的土地。空地鋪上水泥，上頭沒有任何東西，只等待每週某一天的下午四五點，各種卡車貨車小轎車陸續開進來。小販男女老少下了車，開始搬動各種貨物，架起貨架，鋪好平臺，裝備各種生財器具，這裡一區，那裡一塊的。各種營生有各種擺攤的方式，攤車、水桶、鐵架、攪拌機、桌子椅子、塑膠小板凳什麼都有，最簡單的攤位就是一張塑膠布隨地攤開，貨物隨意擺上，也有人只提著兩個特製的皮箱，蹲下來皮箱打開，就完成擺攤。複雜的像是五金百貨的攤位，光是放置貨物的塑膠盒子就上百個，裡面的貨物五花八門數也數不清。男人做粗重活，女人負責細軟項，隨車帶來的小孩，大一點的就幫忙拿東西，小一點的兀自在一旁玩耍。有些攤子一下子就擺好了，有些攤位光是擺攤就花上一兩個小時，有些人是早早就把車子開進去，也有人很晚才到，車子進不去了，才用推車載著東西慌慌張張喊著借過借過，忙亂地開始擺攤。

開張前的準備是客人看不見的，小販們熟練地動作著，俐落地將自己的一小塊攤位組裝起來，賣吃食的開始備料，食物的香氣慢慢散開來，主辦單位的柴油發電機開始轟隆隆響起，某些攤位播放音樂，喇叭裡的樂曲也響了起來。或許是先由陸續的車聲，然後是器材碰撞的聲音，接著是各種食物的香氣隱約傳來，聲音與氣味讓附近的人家察覺到，這週的夜市開張了。「晚上要不要去逛夜市？」家人這樣問著彼此，小孩們總是欣然說好，大人想了想也答說，「去逛逛也好。」不管有沒有要買的東西，逛夜市已經成為生活裡一週一次的日常。攤位擺好，陸續有客人進來，發電機開始供電，燈泡就會點亮，夜市攤位除了攤位租、清潔費，最重要的就是這個電燈錢，一盞五十元，每格至少會有一盞。夜市的特色就是這麼一盞盞隨意吊起來的燈，把那片空地上的組建攤位漸次點亮，一片燈海似地照亮黑暗中的場地，好像這才是夜市的招牌，等到天色全暗，夜市的電燈泡全都亮起來，一九九〇年代開始盛行的流動夜市正式登場了。

有些會在入口處標誌「某某觀光夜市」的帆布招牌，也有的是什麼標誌也沒有。

但光是從入口處機車排排站，人潮湧動的樣子，就可以知道，那一定是每週某一天或兩天固定會來擺攤的流動夜市來了。

也不知道最早是誰發明的這種流動市集，組織者通常是地方上熟門熟路，黑白兩道通吃的人。那人去找一塊空地，談好價格與租期，擺平水電垃圾清收等問題，然後再去招攬攤商。少則三五十攤，多則幾百上千個攤位都有，攤販來自四面八方，只要能把攤販組織起來，有客人進來，某某夜市就成立了。

此前的夜市指的通常是市區裡某一條街，或者某個區塊，而且大多數的夜市都是長期在地，日日都有。夜市在臺灣人心中，是如士林夜市、豐原廟東夜市或羅東夜市，是根生在地方、城市或鄉村裡固定的風景。早期的流動攤販則大多是依附著某夜市或廟會等慶典生成，但流動夜市則如吉普賽人一般，其特質具有流動與定期兩種特色。流動在於攤商於某夜市一週只出現一次，定期則是因為某週的哪一天是固定的。擺攤前是一片空地，收攤後人去樓空，彷彿什麼都不曾發生那樣，攤商之間只有週與週之間的關係，每個攤販都有自己的行程，週一跑哪，週二跑哪，一週七天各有不同場地。每個夜市的攤販組成也不太相同，攤位的安排決定了一個夜市是否成功。大家都想搶好位置，但好位置到底是哪？見仁見智。夜市入口第一圈，通常都是賣吃的，可以快速拿取、方便邊走邊吃、攤位較小的，比如賣熱狗的攤子就是一臺推車，賣木瓜牛奶也是一輛貨車就搞定，或者甘梅芭樂，只要一個位置就可以賣得嚇嚇叫。接下來各種吃的喝的，熱飲冷飲，一字排開，總是要讓客人手上先拿著好幾樣了，有得吃，然後一路逛下去。

夜市中心那兩圈，就是讓人在吃吃喝喝的空檔，可以閒散逛一下的物品，通常以小東西，或者鞋襪百貨類為主。賣鐵板牛排、蚵仔煎、一百塊元快炒等大攤的吃食也開始陸續出現了，要吃晚餐的客人已經開始尋找自己的目標，逐一落座，還想閒逛的人就繼續逛下去。

我父母的成衣攤位，通常會在倒數第二圈，避開那些有油煙的吃食，又需要比較完整的場地，在後段會是比較好的。客人吃飽喝足了，才有心思好好逛街，有閒暇慢慢挑選衣服。

爸媽年輕時代是做武市叫賣場出身，喜歡擺大場面的攤位，他們的攤位通常至少三格起跳，鐵製吊衣桿上下兩層，一字排開動輒幾公尺，場面非常壯觀。九〇年代生意正好時，父親以ㄇ字型擺開的攤位可以容納非常多客人，一次展售數百套衣服在夜市裡也是少見的。後期生意衰退了，父親依然至少要租下兩格攤位，我屢屢勸他們不要投入那麼多本錢，不划算又累人，但父母總是說，小攤生意他們不會做。

夜市除了好吃，就是要好玩，好玩的東西首推電動玩具，早期有水果檯、麻仔檯、777，都是賭錢。後來警察抓得凶，改成兌換香菸玩具或模型車，不過聽說拿到那些兌獎單，最後還是能到某個地方換成錢。抓賭行動最高峰，夜市裡常有警察走動，後來或許是攤位管理人自己整肅，也或許風氣過了吧，你追我跑的遊戲結束，賭博攤位減少，也少見警察了。

遊戲攤位最常見的就是射氣球，偶爾會有懷舊的撈金魚，那真的很罕見，每次看到時都忍不住要蹲下來看。即使長大後我已經知道撈金魚有虐待動物之嫌，但那個景象總是喚醒兒時記憶，立刻可以將我帶回童年。同樣懷舊的還有套圈圈，這種攤位需要租好幾格攤位，早期套圈圈的獎品都是瓷器玩具，攤位上一整個從小到大，從便宜到昂貴的瓷器由低到高排開，就是五六格攤位了。這種攤子氣勢就是要大，攤位一展開，那些高高低低的瓷器一展示出來，大家就知道套圈圈來了，客人就會圍過來。後來獎品換成時下流行的絨毛娃娃，攤商就把那些瓷器改成一張張硬卡紙，圈圈套的是硬卡紙，紙上寫著什麼獎就可以兌換什麼獎品，獎品的品項就沒有限制了，模型車、電動汽車、大型龍貓娃娃，或者各種難以想像的東西。但或許因為排滿紙卡的攤位失去了誘人的氣氛，套娃娃遊戲逐漸沒落了。

夜市裡偶爾會有狀元糕或者畫糖人、捏麵人這類古早味玩意，像曇花一現，有些人專門愛找這種古早味小吃。每次看到畫糖或捏麵人，大多是六十幾歲的老先生擺的攤子，畫糖的圖案已經進化到一些卡通人物，捏麵人我也曾看過老伯伯捏出HELLO KITTY跟哆啦A夢。老先生攤位可能就是個箱子或一輛腳踏車，往那兒一站，時空就彷彿倒流回我童年時在豐原夜市的那個橋上。過年過節人潮擠得水洩不通，賣糖葫蘆的得把掛著一串串葫蘆糖的器具提得很高很高，孩子們圍著攤位看人畫糖，每次師傅把畫糖舉起來的時候，大家都會驚呼一聲，好漂亮！在市集裡手上拿著一個捏麵人，就可以得意地向其他小孩炫耀。

有一陣子夜市流行一種遊戲叫做五朵花，是一種賭博遊戲。攤家把一張張小桌子小椅子擺好，客人坐上桌，拿著一張紙卡，看攤商的燈號亮起什麼數字，對號碼。這種遊戲需要有主持人，開號對獎的時候主持人會刻意製造緊張氣氛，四朵花五朵花，中了就有人高聲吶喊，然後去領獎。但很多時候客人彷彿只是在殺時間，可能是等老婆小孩逛街的男人，無聊的時間就玩玩遊戲。五朵花有時會變成賓果遊戲，有時又會變成五燈獎，名目換來換去，不變的就是小板凳跟長條桌，以及客人百無聊賴的神色。

殺時間的遊戲往往會有新點子，隨著時態潮流，遊戲也在演變著。我記得我大學剛畢業時，看過一種釣酒瓶遊戲，往往是夜市裡一角，暗暗地連燈也沒有，一個男人在地上擺了一個空酒瓶，拿一支像釣竿的東西，前端是套圈的繩子，要把地上的酒瓶子釣起來。

看起來非常無聊的遊戲，往往會吸引一些無聊的人，或站或蹲，一次一百元。大家看店家一下子就把酒瓶釣起來，往往也想試試手氣，這種遊戲好像是跟老闆對賭，釣起來可以有五百或一千之類的獎金。不一會就會聽到，唉呦，啊，ㄟ，喔，各種驚訝嘆息，沒有一個人可以成功地釣起酒瓶，客人不認輸，又付了一百，再釣，瓶子還是倒了。有人幾乎就要成功了，但在最後一刻，往往瓶子就滑出圈套，跌倒在地。

父親說過這種釣酒瓶最好賺，連攤位也不租，擺上一兩個小時，現金進帳就是幾千，通常也不會常來，賺上一波就走人。賭的是人性，大家看到店家釣酒瓶，覺得簡單至極，花個一百賭一下，輸了再加一百，往往花了五六百也不自知，但這種技術聽說花上七萬塊就可以學，我大學畢業後找不到工作，父親曾興起念頭帶我去拜師學藝，但被我拒絕了。

另外比較不刺激，常見的遊戲就是排象棋，或者排麻將，當真是無聊透頂的人才會玩的遊戲，往往會在攤位最後，一大排椅子排開，各種百無聊賴的人坐著，就在那兒排棋子。每次店家會發一盤棋子、一張花色牌紙，對中上面的圖案就有獎。店家會給你茶水、葵瓜子，男人低著頭在那兒對色號，地上到處都是葵瓜子殼。

夜市最後最裡面的攤位，時常會有一些奇妙的組合，比如早期還流行歌舞秀，一個夜市如果能請來歌舞秀，那就表示這是夠大夠有名的夜市了。跑場的藝人大多不是什麼名歌星，我曾偶然遇到過以大奶著稱的過氣女藝人，美貌不再，但一張嘴十分了得。這種舞臺秀常會邀請一些過氣秀場明星，或某個尚未成名的藝人，賣藥、賣明牌，有時根本不知道要賣的是什麼，看到最後才知道是脫衣秀。脫衣秀到底是靠什麼賺錢我始終沒弄懂，我看過既不賣藥也沒賣大家樂明牌，從頭到尾就是主持人耍嘴皮子開黃腔，然後幾個熱舞女郎出來對嘴唱歌，十一點之後突然臺上出現幾個火辣女郎，開始一點一點卸下衣物。最誇張的一次是看到十八招特技表演，那時已近收攤了，人群圍得舞臺滿滿的，我從攤位溜出來，擠進圍觀的人潮裡，看到一個面容憔悴，濃妝已經開始浮粉剝落的女子張開雙腿，先是玩射飛鏢，然後是開酒瓶，這時人群已經躁動到不行了，我還想再看時，突然意識到爸爸應該已經收攤了，就趕緊跑回去。回家的路上我問爸媽，那種舞臺秀到底在賣什麼，爸爸說，什麼也不賣，他們是扞場的人雇來的，因為這個場子新開場，需要熱場，以後就沒得看了。父母夜市裡見怪不怪，不覺得開酒瓶十八招有什麼特別的。

我父母於一九九〇年收掉在豐原復興街夜市的服飾店，開始轉戰豐原各地的觀光夜市。那時每週七天有七場不同的夜市，但無論夜市離我家遠或近，我父親總是下午四點多就把貨車發動好，上樓喊我媽兩三回，等不及了就開車到我們竹圍仔前空地又固執地按幾聲喇叭，等我媽媽慢吞吞地走下樓，出發時絕不會超過四點半。他們開著一輛破舊的貨車，從神岡開到豐原、豐東、成功南路、后里等，路程短則二十五分鐘，長則四十分。到達夜市時，往往只有賣吃的或者擺設舞臺的攤子先到，父親性急，總擔心到得晚了，貨車不方便進入，但父親母親到達夜市的時候，往往還是一片空曠，只有發電機剛裝上，幾輛大貨車零星駛入。父親一到場，就開始俐落地把貨車上的東西卸下，母親會先到附近的美容院洗頭，父親有他自己的工作流程，曾經當過多年木匠的他，將貨車的置物空間詳細區隔，裝貨的架子、零件，分門別類安置得非常妥當，小小的車廂擠入超過容量的貨物，看起來依舊整齊，方便裝卸。

父母親在我小學時是鬧區夜市裡擺地攤跑警察的小販，我讀中學後晉升到服飾店的老闆，等我考上大學，他們又回到了夜市擺地攤。爸媽回到夜市時，已經經過四五年服飾店輝煌的搶錢時光，終於把家裡的債還清，不知道父親花費多少錢，才將當年因我們匆匆離開，不知荒廢成什麼模樣的老家透天厝，全部重新裝潢。我們從店裡搬回家時，那個被棄的屋子已然消失，變成一個嶄新舒適的家，石子地磚鋪上地毯，窗簾是緞面布料有著漂亮的蕾絲花邊，一樓的客廳改裝成我跟妹妹的房間，挑高的木地板底下有個排風扇整天都在轉，父親在房間四裡牆邊釘了好多好多書架，我跟妹妹在木地板上打地鋪，父親買回一張很大的藤製茶几給我們當書桌，愛玩音響的他還把淘汰的舊機型給我們用，卡帶ＣＤ錄放影機擴大機揚聲器一應俱全。

老家什麼都變了，唯一不變的是客廳的酒櫃以及天花板上的木刻裝飾，那些都是以前當木匠的父親親自製作的。客廳有一組厚重的牛皮沙發，裝修老屋花掉了很多錢，但那象徵著我們一家團圓光榮回歸，也是值得的。

我們是在我大學二年級搬回老家，我父母在景氣最好的時候開始做夜市擺地攤，趕上了剛開始幾年好時光，很快就融入了夜市遊牧民族似的生活，結識了一群好朋友。

這些做夜市的朋友們，各行各業都有，這些買賣人，擺一個攤子就能養家活口，甚至賺大錢起大厝。

比如賣豐仁冰的阿明叔夫妻，他們夫妻倆沒念過什麼書，以前都是在工廠工作，後來跟人學煮茶製冰的手藝，從一臺攤車做起。一開始是兩夫妻帶著三個孩子，後來女兒逐漸長大，一個比一個漂亮，白天讀商校，晚上顧夜市，他們的攤位有三臺車，賣泡沫紅茶、豐仁冰、木瓜牛奶，什麼冰品飲品只要好賣他們都有。人家說第一賣冰第二做醫生，阿明叔從一臺車擺起，如今已經擁有三個車攤，豐仁冰是招牌，但最賺錢的是紅茶，就是茶葉加糖水，穩賺的。據說阿明紅茶有股特殊的香氣，喝過難忘，難怪他們攤子生意就是比別人好。阿明叔的攤位上有三個漂亮的女孩顧攤，生意更是好上加好。阿明嫂只生了女兒，相當憾恨，可是女兒們個個乖巧懂事，夜市場、商展攤、廟會，該跑都跑，透天厝一棟蓋過一棟。「都是女兒的嫁妝。」阿明叔笑笑說。以前總是怨嘆沒有兒子，如今三個女兒在夜市赫赫有名，攤位因此從「阿明豐仁冰」改成「三姐妹泡沫紅茶」，豐原一帶夜市裡人人皆知。人人都羨慕他賣冰好頭路，他卻說煮茶製冰很辛苦，人家忙的是出攤後，他則是出攤前已經在家從早忙到下午，煮茶煮得滿身汗，豐仁冰配料多，每一種都要親自熬煮。「那些料都是我在煮。」阿明嫂笑笑說。早期什麼都要手工做，煮茶、煮珍珠，連芋圓都手工親製，後來添購大型製冰機、煮茶的燉鍋，自家樓下就是工廠，但那一大鍋紅茶還是阿明叔親自看顧，據說連老婆女兒都不知道配方。阿明叔長相俊朗，性格老實，阿明嫂年輕時一定是個美人，夫妻倆感情好是夜市裡出了名的。三個女兒各有特色，大女兒淑珍皮膚黝黑，但五官深刻，頗有港星鍾楚紅的韻味。二女兒淑惠單眼皮，皮膚很白，臉蛋圓圓的，笑起來有酒窩，沒有姐姐漂亮，卻顯得很溫柔，說話細聲細氣，據說夜市裡一個賣領帶的大學畢業生很喜歡淑惠，但淑惠才高職二年級，沒有談戀愛的打算。小女兒湘湘綜合了夫妻倆的優點於一身，深刻的五官，細膩的皮膚，恰到好處的膚色，她年紀還小，卻已經吸引了一票粉絲，湘湘乖巧伶俐，越大越美，把兩個姐姐都比下去了。她是阿明最疼愛的女兒，走到哪帶到哪，湘湘比姐姐會讀書，阿明也願意栽培她，但讀到國中畢業，高中卻考得不好，據說是考試當天失常，最後讀了護校。湘湘上了護校後，很快談起了戀愛，戀愛之後的湘湘變了個人似地，把頭髮染成金黃色，耳環項鍊叮叮噹噹掛滿身，夜市也愛來不來的，阿明叔擔心得不得了。

賣女性內衣的外省老兵強叔與他的妻子阿霞是一對活寶，強叔是外省老兵，高頭大馬，留著小平頭，臺語講得極溜。他五十歲才得子，兩個小孩寶貝得要命，阿強叔以前當兵，現在也還像個軍人，剛到夜市遠遠就聽到他的大嗓門，不管夜市大小事，夫妻吵架、攤販不和、發電機故障、新來的小販找不到攤位，只要找阿強，什麼事他都會幫你搞定。

強叔攤位有個小推車，上面擺放了整套的泡茶工具，泡的卻是茶枝，因為整晚茶水不停，人來人去一天不知道要煮上多少壺，茶枝可比茶葉便宜多了。阿強買來的茶枝泡起來倒也清香，他說那是另一種特製的「膨風茶」。我媽媽就說，對啊，跟阿強一樣愛膨風。但阿強每晚都將我媽的一千c.c.超大熱水瓶茶水裝得滿滿的，我媽則回贈他阿里山高山茶，貴森森的高山茶阿強叔可捨不得在夜市泡，得去他家作客才喝得到。

「茶葉還是阿里山的好喝。」我媽說。媽媽是嘉義人，向來以嘉義為榮，茶葉都是舅舅托人買的冠軍茶，一斤好幾千塊。

阿霞對小孩很好，對我們這些夜市攤販的孩子也很照顧。她個子小小的，一頭俐落短髮，個性同樣俐落豪邁。強叔時常因為很小的事對阿霞大呼小叫，阿霞卻不以為意，任他罵罵咧咧，她還是笑咪咪。阿強攤位賣內衣，他一個大老粗站在女人內衣堆裡，說不出來的怪，他自己也覺得尷尬吧，所以才會在一旁泡茶。阿霞跟其他吃苦耐勞的夜市女人一樣，可以自己開貨車，自己擺攤收攤，在家還要煮飯洗衣帶小孩，幾乎是全能的，可她也像夜市那些厲害的女人一樣，往往寵愛自己的丈夫。強叔大她十歲，我大學時他就是一頭白髮了，當時跟我們家走得最近的就是強叔一家人，收攤時我們常會到強叔家吃消夜。阿霞用郵局的儲蓄保險六年存了一百萬，把舊家整棟裝修好，客廳非常寬敞舒適，強叔很享受客人到他家時高朋滿座的感覺，阿霞從不抱怨什麼，可是我媽跟我說，阿霞私下講，她生孩子落下病根，腰老是痛，強叔有次喝酒還對她摔酒杯，她氣得想跑，可是想到以前他們日子還算好過，是她自己為娘家哥哥作保，家裡才揹了債，不得不淪落到夜市來。「感覺很對不起阿強。」自從賣內衣之後，強叔就不跟以前軍中的朋友來往了。阿霞對我媽說，讓自己的男人在夜裡擺攤賣內衣，她覺得很過意不去。

我很喜歡強叔，他急公好義，看似懶散，卻是個內心很柔軟的人。我父親性格孤僻，幾乎不與人往來，卻被強叔的熱情慷慨給收服了。以前在服飾店時隔壁賣皮鞋的哈庫賴跟父親也很熟，父親後來跟他合開店面，還幫助他轉行賣童裝，最後哈庫賴卻開始賣起女裝，跟我們進一樣的貨，刻意賣低價跟我們搶生意，父親憤而把店面一分為二，從此就少見爸爸跟誰相熟，直到遇到強叔。

大小事強叔都會到我家來幫忙，那段時間，強叔是父親唯一較為親近的朋友。我媽則是阿霞可以傾訴心事的對象。媽媽私下對我說，夜市裡好多女人都跟她說心事，說她每次到別人攤位上，個個說起話來就是半小時，都不放她走。我母親確實極有人緣，她一雙細長眼睛，聽人說話時的神情是那麼善解人意，像是你什麼都可以對她說，你說什麼她都會懂。母親每次趁著人少時出去逛逛，一逛就是個把小時，因為到處都有她的朋友，去到哪個攤子都有人要她喝杯茶再走，很多人會煮熱湯、泡薑茶給她喝。人人都羨慕我媽日子清閒，擺攤的時候可以去洗頭，客人少的時候可以逛街，生意清淡時就在車子裡休息，我媽身體不好，感覺每個月有好幾天她都是在車上度過的。父親寡言，他一個人時生意總是很清淡，但他也得等到不得已了，才去把媽媽叫下車。我媽手無縛雞之力，跟夜市裡其他強悍的女人都不一樣，她不會開車，也不太會煮菜。她總是在抽菸，一天兩包黃長壽，香菸濾嘴上還要抹上綠油精。她手上總是一瓶康貝特，再加上兩瓶伯朗咖啡，偶爾有人遞給她檳榔，她也會吃上一口，可是我媽長得很秀氣，笑起來眼睛瞇瞇的，大家都說她好福氣。福氣這種事很難說，母親有她自己的悲傷與憂愁，「可是我的心事不會對任何人說。」她低聲對我說。那時我就知道我的孤僻是天生的。

我們家常來往的還有賣皮鞋的扣桑與他強悍的妻子阿快。扣桑長得很風流，人到中年還是一頭黑髮亮亮的，永遠都穿襯衫皮鞋，頭髮梳得很整齊。他是那種單眼皮高鼻子窄窄小嘴，有點女人相，可是五官往他臉上一擺，再配上一臉厭世，有點生不逢時的感覺，在夜市裡往塑膠涼椅上一坐，就著黯淡燈光看報紙，氣質就是特別不一樣。我問媽媽扣桑以前是做什麼的，氣質好特別，媽媽說扣桑以前是鞋子工廠大老闆，家裡很有錢，到外地設廠被朋友騙了，欠了上千萬，剛開始到夜市擺地攤就是賣自己工廠裡的庫存鞋。阿快的氣質就是個大地之母，說話粗聲粗氣的，做什麼都快，她的廚藝一絕，原來是總鋪師的女兒。阿快凡事以夫為榮，她小學都沒讀完，扣桑卻上過大專，所以在家在外，什麼都是阿快打理的，夜市人人稱奇的是阿快不但會開大貨車，車上的重物也一律都是她搬的，在她身旁，扣桑顯得手無縛雞之力，異常柔弱，但扣桑也擔得起這份疼。扣桑的父親是個美男子，據說到七十歲還外遇，扣桑的母親很早就失明，父親去世後，母親沒有安全感，每天拄個拐杖還要號令全家，阿快幾乎每天都要讓婆婆罵哭一次。

賣手錶的李董是個聽障者，他娶的妻子阿如是個ㄎ一ㄤ妹，長得很秀氣，說話卻直率不經頭腦，夜市女人最喜歡問她與李董的房事，一問她就什麼隱私都說出來，李董因為聽不見，什麼話都靠老婆轉達，非常依賴太太。我很喜歡到他的攤子上逛逛，看他戴上放大鏡專注幫人修理手錶，沉靜的氣質讓吵嚷的夜市都變得寧靜。

夜市裡的女人幾乎都要強，男人只負責開車搬貨，攤子擺定就沒他們的事了，到處閒逛、泡茶、聊天，非等到忙不過來了，小孩到處找爸爸，才不情願地回到攤位幫忙。我們家與別人家都不同，會到處逛街聊天泡茶的都是我媽媽，媽媽在夜市號稱大姐頭，人人羨慕我爸勤奮。我們家攤位都是爸爸在顧，媽媽一到就去美容院洗頭，洗完頭從第一攤逛到我們家，至少要一小時，到了攤位，手上滿滿都是吃的喝的，一來是我母親慷慨，她去附近超市借廁所，總是要買上一大堆零食飲料，然後沿路發放，別人也會回敬她各種東西。

以往做生意時，開店十幾個小時，全年無休，假日早上爸媽還特別跑去休市的菜市場擺攤，除了附近的店家，我們家沒有其他朋友。但是到了流動夜市之後，我們突然多了好多朋友，這些夜市夥伴們因為都是夜裡工作的生活，因而相聚在一起，有了一種患難與共的情感。

常聚在一起的，有五六個家庭二十幾個人，每個月都會找一天輪流到某一人家裡聚餐。我記得那時讀大三，夜市的朋友來到我們家時，爸爸就會把門窗關上，冷氣打開，女人們在樓下準備食物，男人在二樓唱歌。我爸最自豪的就是他收藏的真空管音響、高級花梨木桌椅、罕見的石雕茶盤，以及珍藏的一些大陸酒。父親是音響控，家裡經濟稍好，他就開始擴張設備，玩的音響動輒幾十萬起跳，連一條喇叭線都要幾千塊，麥克風都是上萬元的高價品。

那時刻，我母親總是特別慌亂，因為她會做的就是那幾道菜，排骨湯、炒青菜、煎帶魚、紅燒豆腐，我們家一年到頭就吃這幾道菜，可是一次要招待二十幾個人只有幾道菜怎麼夠？我媽急得團團轉，這時就得靠阿快的快手快腳跟精湛廚藝。每次在我們家請客，夜市裡的女人就成了媽媽的幫手，阿快一到我們家，快手快腳炒個米粉，再燉個湯、炸排骨、煎魚，還有她從家裡帶來的小菜，一字排開，我們趕緊幫忙拿上樓。

男人都在我家二樓客廳唱卡拉ＯＫ，我爸還會用攝影機幫大家錄影，身為音響發燒友的父親一首歌也不會唱，就在一旁幫大家點歌、錄影。我家的高級音響貴得要命，但大家扯開嗓子唱歌，什麼音色聽起來都差不多吵。父親曾經在一家倒掉的夜店裡買回一整套轉轉霓虹燈跟水晶球燈，音效燈光打下去，家裡立刻變成卡拉ＯＫ。

女人在樓下忙得揮汗如雨，好不容易把這些大大小小都餵飽了，二樓的客人唱歌跳舞講笑話，或者突然一言不合吵了幾番，終於鬧到快十二點了，鄰居早就都睡了，寧靜的村莊裡大概從村口就可以聽到這些人唱歌笑鬧的聲音，不過鄰居知道我們是「做夜市」的，作息與旁人不同，加上我們是從鎮上回來的人，對我們多少有些禮遇。但頂多就是唱到一點鐘吧，連我媽的頭都痛起來時，爸爸就會把麥克風收好，開始泡茶醒酒。這時有些孩子還小的家庭就先離開了，餘下的一家一家慢慢散去，最後總是強叔夫妻會留下來幫忙，洗碗，掃地，收拾，強叔離開時總會幫我們把垃圾帶走，一大袋垃圾非常驚人。

那些歡聲笑鬧的日子裡，我總是在想，爸媽真的融入了眾人之中嗎？我想那也未必，這也不過是他們企圖模仿一般人，試圖讓自己看起來與旁人一樣的舉動。我們家人永遠都是孤僻的，只是經歷了那麼多創痛，我們懂得收藏自己的孤僻，學著圓滑一點。

這群人感情之好，時常令我吃驚，每個月的聚會之外，每年還要中秋烤肉、過年旅遊。因為是做夜市的，最擅長擺攤，中秋節烤肉會，強叔負責找地點，其他人則負責準備吃食。約好場地，食材備妥，一群人浩浩蕩蕩開著幾輛大貨車到達溪邊，眼看大家手腳麻利地把烤肉架、餐車、快速爐跟炒鍋都備好，簡直立刻就可以擺攤賣烤肉的那種陣仗。專業級的烤肉串、蝦子，還有用錫箔紙包好的金針菇跟蛤蠣絲瓜，紅茶等飲料當然少不了，有時還會有爆米花，炸熱狗的小攤子也來了，當然是不收費的。跟這些專業級的小販一起烤肉是非常特殊的經歷，有種像在玩樂，又很像在做生意的感覺。這時就需要我爸出場了，強叔租來一臺流動卡拉ＯＫ，我爸嫌音質不好，自己帶了高級麥克風來，只要卡拉ＯＫ播下去，所有人立刻樂開懷，從下午開始的聚會要一直鬧到大半夜，遠遠看來，這兒也像個流動夜市了。

記憶中，家人從我小時候就開始負債，過的是每天追錢還債的日子，父親又是工作狂，不管是擺地攤還是開服飾店，我們從來不公休，但到了流動夜市時代，每年初一到初五六都是休息的，過完除夕夜就休到當年的開工日。夜市公休，自己想擺攤子也沒辦法，我父母終於過上幾年有年假的日子。

真不虧是做夜市的能手，辦起旅遊也很專業。高雄行三天兩夜，六個家庭參加，家家都有卡車貨車，鍋碗瓢盆，大鍋大灶，睡袋帳棚都帶上。我打小時候就很少參加學校旅遊，可是大三那年我參加過父親夜市辦的過年旅行。

父親把貨車後車廂的貨物全卸下，帶著媽媽跟我和弟弟妹妹，跟隨著強叔為首的旅行團，浩浩蕩蕩從豐原出發，一路上有好幾個景點，該吃該看該玩都不落下。第一個晚上夜宿臺南，我對這個車隊印象極深，到了定點，那是一處山間河谷平地，可以眺望風景，也能夜宿，又有水可用，非常方便。貨車一輛一輛停下，車剛停好，孩子們大大小小地下車遛達，大人就開始工作了。我走到遠處去抽菸，遠遠回望，黑暗中有人立起了一盞燈，然後各家帳篷前的燈就漸漸亮了起來，三臺快速爐擺好，最大的湯鍋炒鍋都擺上，聽得見匡匡噹噹，還有阿快菜刀切菜剁肉的聲音，強嫂唏哩花啦地洗米洗菜，其他人擺桌擺椅。那不只像是小型的夜市，更像是電影裡的吉普賽人或馬戲團，在燈光的剪影裡，我看見我媽拿著一個袋子走向阿快家的帳篷，看見我父親一手拖著麥克風的線，一手提著簡便的擴大機，走向空地擺放電視跟喇叭的地方。人們七嘴八舌地說話，音樂從不知道哪家的車子裡播放出來，夜空中飛過幾隻晚歸的鳥，有飛蟲在燈下旋繞。我突然覺得暖意與傷痛交織，讓我感到不知如何是好，我發現那竟是我人生中最接近日常，最像是團圓的時刻。這些夜市朋友們不知道我們的過往，不曾參與我們的慌亂與悲傷，在他們眼中，我們家是父親勤勞，母親慈愛，孩子們都爭氣讀國立大學讀女中，是夜市裡氣質最好的家庭。他們為我們搬演的，是我們自己絕對不可能，也沒有機會搬演的幸福家庭的一種，那如夢似幻，作假為真。可是，那也絕非虛假，那時我們已經還清債務回到老家，家裡有高級音響，透天厝翻修變新，久遠前那曾經是一棟被關上門就廢棄掉的屋子，那屋子裡封藏著我們亟欲埋藏的祕密，而那個屋子被打開，被重新整理，我們全家團圓，又搬了回去。往事好像都隨著屋宇的重新翻修被寫上了新的版本，這些朋友們所參與的，就是新版本的我們家。可誰能說那是假的？誰能說發生過悲劇的家庭就再也不能幸福？或許那只是短暫的幸福，或許，那也稱不上幸福，只是一種暴風雨前的寧靜，更如以往我們所經歷過的那樣。年幼時我們家也經歷過一段安穩靜好的時光，後來才像小舟掉進生命的漩渦，被風浪打翻，便一直漂漂搖搖。

我望著這些如吉普賽人的家庭，餐風露宿，處處為家，這或許是最適合我們的地方。儘管，我們與其他人還是有著明顯的不同，我們從未真正卸下心防，正如我在大學裡的生活，我一點也不像真正的大學生，我在十來歲的時候就已經老去了。

我熄掉香菸，緩緩走向他們，對那些夜市的朋友來說，即使我一頭亂髮，抽菸，臉上有重重的黑眼圈，對生命毫無眷戀，他們仍當我是大姐頭最疼愛的那個有才華會讀書，最優秀的長女。

起風了，吹得燈光搖搖晃晃。有人喊著，吃飯啦！我聞著飯菜香，有人把免洗碗盤遞給我，我開心地走過去，「晚上吃什麼？」我問。「竹筍排骨湯、炒麵跟炒米粉。」有人大喊著。我聞著那香氣，看見人們的笑臉，我心中浮現起一種陌生卻又熟悉的感覺，就好像電視劇裡演的，浪子回家一樣的心情。

第十三章 廟東夜市

那是一條狹窄的夜市街，坐落於豐原媽祖廟旁邊，入口分別為媽祖廟旁以及復興路。年少時我們家在豐原擺地攤、開服飾店，午餐晚餐都是吃自助餐，只有某些特殊的時刻，父母會讓我們拿著零用錢去廟東夜市買吃的。

一進入夜市街，第一攤要吃的就是金果樹鳳梨冰，敞開的店面比一般的大，牆壁都貼著白磁磚，入口的醒目地擺著一大桶鳳梨冰，旁邊則是涼丸。小時候鳳梨冰很便宜，而且一給就是很大一杯，酸甜冰涼喝得牙齒打顫，喝完鳳梨冰就開胃了。接下來第一站總是要吃肉圓，這家肉圓別無分號，店面也是比較大的，擺設跟鳳梨冰很像，白磁磚貼牆，牆角上有電視，要看得仰著頭，看完脖子都痠了。他們只賣肉圓跟貢丸湯，肉圓皮又薄又Q，餡料做得很扎實。內行人都知道，不用點湯，吃完肉圓拿著碗去找老闆，他會把熬好的大骨湯倒進你的碗裡，清甜的大骨湯配上剩餘的醬料，真是絕配。

然後就是正老牌排骨酥麵。這家店店鋪小得不可思議，所以永遠是客滿的，外頭櫃檯上高高的蒸籠裡拿出來還冒著蒸汽的瓷盅，裡面就是剛蒸好的排骨酥。他們的排骨酥先炸後蒸，肉色比較黑，粉也裹得多，配上薄片冬瓜，看你要吃油麵或米粉，或單吃排骨酥湯，最重要的是最後撒上胡椒跟香菜，才算是完美的料理。店裡很熱，吃完一大碗渾身都冒汗。

然後就要去吃我最愛的蚵仔煎，夜市裡有兩三攤，肉圓也是，但我們愛吃的就是那兩攤，肉圓跟蚵仔煎距離不遠，都在同一側。

這攤蚵仔煎也是那種超小店面，比排骨酥麵還小間。外頭大大的鐵盤上，工作人員手腳麻利地打一顆蛋，倒上調好的粉漿，大把放進肥美蚵仔，最後放上空心菜，起鍋後要淋上他們特調的醬料，這種醬料滋味難以言喻，我覺得裡面有放花生粉。對我來說，沒有空心菜就不算蚵仔煎，空心菜的清新菜味配著蚵仔煎才能顯露出蚵的鮮甜，另外粉漿也是大學問，不能過稠也不能太稀，要能剛剛好把材料包裹起來，且煎過後會有一點脆脆的，那真是我最喜歡的小吃之一。

吃到這裡已經飽得不行了，但還是要逛下去，在夜市靠近媽祖廟出口的地方，有一家臺北圓環滷肉飯，是我們要打包帶回家給爸媽吃的。他的滷肉是我們臺中人說的肉燥，有點胡椒口味，白飯也煮得很好，配上草菇排骨湯，價錢不低，可是非常好吃，小時候我可以連吃兩碗滷肉飯也不覺得膩。因為排骨湯很貴，我們總是點了回家大家分著吃。另外加上一顆滷蛋也很棒。

不過還要留一點胃，對面的滷味攤豆干正等著我呢。

那個滷味攤小小的一攤，賣各種滷味，但童年記憶裡我沒吃過別的，媽媽喜歡吃薄片豆干配酸菜，我就只買這一樣。小時候賣得很便宜，那種豆干我在外面沒吃過，是米白色的，醬汁滷過也不會變黑，只吸收了些許醬汁，反而更好吃。當然招牌還是店家自製的酸菜，是免費贈送的，每次都給一大把。

買完豆干，最後妹妹一定會要求要吃菱角酥。不知何時開始賣的菱角酥站在出口的中央，其實算是擋著路，客人多時，他會讓到一旁去，小小的鍋子裡總是熱油滾燙，菱角切小塊沾著粉油炸，就成了一道外酥內軟的點心。

其實廟東夜市對我來說不只是一條夜市街，它還是我讀書啟蒙的地方。國中時夜市裡有一間小書店，那家書店窄窄的，老闆是個很瘦的人，店裡賣的大多是故事書跟玩具，但有一個大書架上放的都是文學書。我在那兒讀了很多臺灣當代作家的書，因為沒有太多零用錢，我總是站在店裡看書，但就連看書的時間也不多，每次進去店裡，就是趕緊找上次看的那本書，站在書架前快快翻看。老闆從來不會趕我，或許覺得我很用功吧，我每次湊到錢買書，他還會給我打折。年少時沒人教我看書，我都是自己亂找，這個作家連到那個作家，喜歡的作者我會努力找到他全部的作品來看，日復一日地，我在店裡也看了不少書。

廟東夜市曾經有過一家很新潮的炸雞店，我真記不起來那家夢幻的店到底開在夜市裡的什麼地方，因為夜市是那麼地窄啊，可是我記憶裡炸雞店卻是明亮寬敞的，坐在裡頭還可以看到路邊，看對面的冰宮。那家冰宮後來收掉了，但我問其他人，大家都不記得冰宮與炸雞店，好像那只是我自己的夢。

以前過年叔叔阿姨們來幫忙顧店時，我總是要幫他們買飯，個人有個人的喜好，但都可以在夜市買齊。這些阿姨們嬌滴滴的，不過吃起東西很豪邁，夜市小吃大概就是好吃到會令人不顧形象的東西吧。

同學們知道我住在夜市旁，總是很羨慕，卻不知對我來說夜市也很遠，只有特定的時間可以去吃。廟東夜市對我而言數年如一日，總是擁擠，總是好吃，即使距離這麼近，每一次去都還是帶了新鮮以及興奮的心情，一點也沒有近廟欺神。唯獨一次，我帶著弟弟妹妹去滷肉飯攤買飯，我點好餐付了錢，等了好久才等到東西做好，老闆娘叫我付錢，我說付過了，她卻一臉鄙夷地說，妳哪有付錢？我身上就那麼多錢了，不可能再付一次，跟老闆娘辯駁了幾句，她不肯信，看我的眼神彷彿我們是乞丐，擊中我的痛點，於是把東西還給她，就離開了。回家後媽媽又給我錢叫我再去買，我堅決不肯，後來的幾年裡，我不曾再去買過那家滷肉飯。

羞恥的記憶總是難以忘懷，多年之後，前男友曾經想帶我去吃那家滷肉飯，我對他提及往事，他說：「老闆跟老闆娘都沒在顧攤了，現在換她小孩在做，她女兒好漂亮，我朋友說想要追她。」一聽到他這樣說，我突然感到釋懷了。

我跟昔日戀人與友人一起去廟東吃東西，久遠的回憶又都回來了，我愛吃的攤子都還在，前男友喜歡吃的肉圓跟蚵仔煎跟我不同攤，我們就各自去吃，最後在滷肉飯的攤位上會合。老舊的攤子依然，但顧攤的人已經變成兩個男子，小時候就常見攤位上有孩子在做功課，想來是他們長大了。那個被朋友戲稱廟東美女的女孩我有印象，但記憶裡她正如其他夜市裡灰撲撲、衣服油油膩膩的孩子，沒想到長大變得那麼漂亮，一張瓜子臉，眉眼深邃，尤其皮膚白如玉脂，就是個標準美女。

女孩當然不記得我了，一臉面無表情地盛飯裝湯，前男友的朋友上前跟她搭訕，「小姐好漂亮，吃妳們家的排骨湯會變漂亮喔！」女孩抬眼望他，冷冷說：「要吃什麼快點。」

那天我才發現滷肉飯還有分店呢，就開在夜市中段，他們會把客人分流，帶到二店去，想來除了賺錢，也或許是因為有兩個兒子的緣故。

後來我們又再去夜市，滷肉飯跟女孩都不見了。沒人知道他們搬去了哪。或許他們發達了，不需要賣小吃了，以前我總覺得他們一定是臺北人，或許回臺北了吧。

少女時代忙著做生意，我們家吃得很隨便，附近一家自助餐，我天天去打菜，兩百塊吃全家，廟東夜市算起來都是貴的了，再奢侈一點時，我就偷攢零用錢，去買薔薇派。

當然都帶著弟弟妹妹，點兩份來吃。那時薔薇派還是家在地小店，妹妹喜歡吃招牌紅豆派，我則是喜歡波士頓派，弟弟沒意見，反正也不能點三個。我們在小小的店鋪裡，萬分愛惜地吃著那小小的派，用叉子一點一點取出來吃，每一口都是無比的美味。吃完薔薇派要去逛三民書局，我那麼愛看書，卻鮮少去，那時的我有自卑感，只敢在夜市小店看書，因為我買不起。但身上有零用錢時，我就敢大大方方走進三民書局了，彼時它還是在地下室跟一樓，書店在公車站對面，所以我常路過。可以去三民書局的日子，是大進補的時刻，我依然拿了本書就在地下室的木地板上坐下，弟弟妹妹也都愛看書，我們可以這樣消磨一整個下午，回頭想想那時為什麼我不用顧店呢？大約是因為爸媽到外地去擺攤了。我父親愛賺錢，即使自己有店面了，還要去東勢跟鹿港擺菜市場，那種時日他們顧不上我們，我們有時逛完書店，還會去漫畫店看漫畫，偷來的一整天，非常快活。

記憶裡有兩次全家一起外食的特殊經驗，一次是我們房東開了牛排店，爸爸帶我們去捧場，那天，全家人都穿上最好的衣服，連我爸都特別去對面男裝店治裝。我們平時吃飯都是輪流吃，很少大家坐在一起吃東西的印象，那天我們慎重其事地走進西餐廳，點了牛排，大家都有點手足無措。不是因為沒吃過牛排，小時候媽媽帶我們去過很多次西餐廳，早早就吃過牛排，令我們尷尬的可能是這種全家齊聚的場合，是因為要跟爸爸坐在一起，父親跟母親都陪在身旁，那種感覺太陌生了。

另一次是深夜裡，不知道家裡發生了什麼好事，父親突然很開心地說：「我們去戀戀風塵。」這句話從他口中說出來，變得異常詭異。那時我高中了，我知道什麼是戀戀風塵，那是當時流行的懷舊餐廳，我在臺中讀書，第一家戀戀風塵開在一中街，我跟朋友去過，裡面古色古香，頗為風雅，賣很多特色食物。豐原為什麼會有戀戀風塵我不知道，但收店後父親把店的鐵門拉下，我們五個人走在入夜的豐原街頭，夜市早就都收攤了，街上空蕩蕩的，地上有一些紙屑跟塑膠袋，遠遠有清潔人員在沿街掃地。我們橫過這條賴以為生的夜市街，再穿過幾條巷子，一路孩子們都在說笑，母親神情很快樂，父親一向寡言，卻也說了許多話，天上一定有月亮高掛，因為我記得路面亮亮的。我們走過一盞一盞路燈，經過幾條鬧街，好像全家人第一次在豐原的街上走逛，終於到了戀戀風塵。我一直都記得那手寫的招牌，字跡龍飛鳳舞，穿著仿古服裝的店員帶我們進去，裡面空間很大，桌椅是那種很厚重的木頭椅子。已經深夜了，我們點了清粥小菜，我看菜單上價格不低，但爸爸沒有多想，就讓我們點菜。我們點了好多東西，等到菜一道一道上來，大人小孩唏哩呼嚕喝著熱粥，吃小菜。這次大家熱絡多了，還能邊吃邊談笑，評比菜色跟店內裝潢。

感覺這個夜晚被無限延長了，我們吃完東西又走路回家，一路上孩子們顛顛倒倒，竟在大馬路上玩起來了，我去追弟弟，叫他別亂跑，待我找到弟弟時，回頭找爸媽，看見他們在路燈下說話。看不清楚他們的樣子，可是那時我有個想法，或許，我們家的債務已經還掉了，爸爸才會帶我們去慶祝。

夜涼如夢，戀戀風塵這幾個字深深地印在我腦中，看似造作，卻標誌了我們憂患滄桑的童年，在憂傷中，也有過一些快樂。

第十四章 在廢墟中寫作

大學畢業後因為想寫小說，沒有選擇教職或從事出版，我搬回臺中，租了一個小套房居住。我的家當有幾百本書，一整套音響視聽設備，一點衣服，幾十張CD，當時還有收藏幾個菸灰缸，就是我的全部。

小套房位於臺中親親戲院一帶的舊大樓，老舊電梯咿咿呀呀發出可怕的怪聲緩慢上升，我住在三樓的一個套房。

說是套房，也不過只有三坪大的空間，內裡有一扇面對天井的窗，一點陽光也沒有，一個磁磚砌的小流理檯，一個破舊的浴室，房租五千元。我自大二從學校宿舍搬出來，就沒再與人一起分租過房子，因為住宿舍的回憶是不堪的，我只能自己租套房，當時我也還不會騎摩托車，找上那個房子是因為小時候常去親親戲院看電影，記憶中有熟悉感。

如今回想，那個我視為避風港的小套房，狀況其實非常糟。大樓老舊不說，整棟樓散發出一種破敗氣息，樓道總是黑黑的，我很少看到鄰居進出，天井裡卻總是傳來各種聲響。夜間的麻將聲，凌晨女人綿長的叫床，半夜打小孩，夫妻爭吵彼此咒罵，感覺住進這棟大樓的人都不快樂，都在互相憎恨、彼此埋怨中度過。

可當時我沒想到那麼多，只知道租了房子，把書安頓好，音響裝上，就是家了，對我來說外面的世界不重要，可以看書寫稿聽音樂就是我的世界。可是沒錢了，得立刻去找工作。

我第一份工作是「行政人員」，也在北屯區，上班第一天，我穿了套裝赴職，辦公室裡幾十個像我一樣的畢業生，個個精神抖擻。我們被叫到會議室上課，一連上兩天，第一天上的是心靈雞湯那種勵志課程，主題是如何迎向成功的人生，講師口沫橫飛，我卻一點也抓不到要領。第二天講人際關係，這向來是我的致命傷，得好好聽聽才行，但講師內容依然令人捉不著頭緒。第三天，先給我們一份問卷單、一張電話名冊，就要我們照著電話名冊，請客戶給我們三分鐘做問卷。

當時問卷內容就讓我起疑，我已記不得整體內容，但記憶中跟我上的課很像，圍繞著致富、成功、第二收入，幾項問題問完，就進行下一組。

第四天上班，主管終於說出了我們公司真正的宗旨，原來是靈骨塔傳銷公司。那些訓練是要我們照他們買來的電話資料逐一打，用問問卷的方式誘導他們來買靈骨塔。吃午餐的時間我就走了。我是那種連跟室友都無法相處的人，要如何去推銷靈骨塔？

這幾天的薪水當然拿不到，我打電話給當時的戀人，說明情況，記得當時我站在馬路邊打公用電話，路上人車很吵。我說，我被騙了，做了三天白工，他笑說，再做下去會被騙更多，搞不好自己買了靈骨塔塔位，倒貼。

但其實那時我身上只有幾千塊，不怕被騙。

身上存款就要見底，我立刻找了第二份工作，是「臺語字典編輯」，因為徵求的條件是大學中文系畢業，我的條件符合。那是一家位於社區一樓的咖啡店，店鋪很小，老闆一頭長髮，頗有文藝氣息，面試時他看了我的履歷要我當天就上班，那時薪水是兩萬五千塊，早上十點到晚上六點，有客人就煮咖啡做飲料，閒時就幫他編字典，感覺頗悠閒。上班後我漸漸發現每天幾乎都沒客人，但每個月都會有一場聚會在咖啡店的地下室召開，原來咖啡店是幌子，老闆是開濃縮果汁工廠的，他胸有大志，想編一本臺語文字典，復興臺語文化。可是對於如何編字典他好像也沒有方法，記得那時老闆給我一本他女兒的國語課本，要我每天就把那些生字抄寫起來，然後逐一用羅馬拼音翻成臺語。我其實對他要做的事沒有興趣，當時我一心想寫小說，所以沒有客人時我若不是在抄生字，就是在看小說，空蕩蕩的店裡，只有躲雨的人或者需要解渴的業務員，我樂得輕鬆。每天都有大把時間可以看書，安靜的店裡，我每天給自己煮一杯咖啡，翻譯一百個生字，打掃一下店裡，就沒事了。我甚至開始在吧檯寫小說，感覺如果繼續這樣下去，很快我就可以寫完一本短篇小說。

事情當然沒這麼美，我上班第二個月，老闆就不堪虧損決定改為半天班，我只需上班四小時，薪水減為一萬二，當時我房租就要五千塊，剩下七千怎麼夠生活，況且我是立志要存二十萬辭掉工作寫小說的。我慌了，又開始翻開報紙的求職版，逐一打電話。

我應徵過一個船務公司會計，公司就在我住處對面，是一棟非常老舊的大樓，電梯上升時會發出彷彿喘不過氣的聲音，電梯打開，我應徵的公司大門外觀破舊，來開門的是一個非常非常胖的男人，狹窄的辦公室只容得下一張辦公桌，後面用屏風擋起來的地方好像就是他的住處。屋裡都是菸味跟他的體味，我很想轉身就走，但又找不到藉口，就還是坐下來讓老闆面試。老闆說了好久，我才聽懂他做的是外籍漁工仲介，所以會計的工作很簡單，就是接聽電話，然後支付薪資。他說公司的帳很單純，業務也不多，只不過他還有其他工作，一個人忙不過來。「有個伴也好。」他說。老闆其實不可怕，胖大的身軀底下仔細看他也不過三十多歲吧，我突然有種他是在相親的感覺，好像是藉著面試想要認識女孩子。「妳讀中文系啊，那一定很有氣質。妳看妳嬌嬌弱弱的，感覺就是很秀氣。」老闆自顧自地對我描述了一番，好像頗為中意。他說薪水兩萬二，隔天就可以上班，問我有沒有其他問題，我說沒有，謝謝你。關上那扇門的時候，感覺背後好像有個黑洞突然咻地闔上了。下樓時我不敢搭電梯，就走樓梯下樓，沒想到樓梯間比電梯更可怕，走道上塞滿了鞋子、舊家具跟腳踏車，地板的灰厚得踏上去好像會陷落似地，我真的是連滾帶爬拚了命逃出去的。

當然我第二天沒有去上班。

當時身上只剩下吃飯錢的我，立刻又找了份工作，幸好當時父親幫我買了輛二手摩托車，我記得它有個好笑的名字叫做火鳳凰。我騎著摩托車四處去應徵，我做過好多工作，幾乎都沒超過幾個月。

最後我去應徵了一家會員制的KTV，當DJ，那時的KTV還需要人工放片，小小包廂裡就只有我跟另一個男生負責。公司位於臺中市區雙子星大樓，店剛裝潢好，一切都還在草創期，員工也不太穩定，當時我們是兩班制，我做夜班，下了班已經深夜一點鐘。DJ男總是約我去吃消夜，我去過一次，兩人面面相覷不知說什麼才好，他再約我我就不肯去了。拒絕之後，兩人在小房間一起工作有說不出的尷尬，我只好調到外場去當服務生。

當時的服務生有很多名，領班副理是個高個子，臉黑黑的，脾氣很好。櫃檯有兩個會計，都很漂亮。當時我還抽菸，員工要抽菸都得到茶水間，那兩個會計也都抽菸，因此我們成了抽菸三劍客，會計之一叫安妮，另一個叫美惠。安妮長得一雙水靈靈大眼睛，皮膚很白，總是一臉無辜的樣子，她抽菸也是抽好玩的，聲音非常甜美。美惠是冰山美人，聲音很低沉，皮膚白玉似地，眉眼低垂，有一種難以形容的氣質。後來我才知道那是一種江湖氣，她的母親是酒店小姐，家裡幾乎都從事八大行業。美惠性格豪邁，持著菸說話的模樣有一種帥氣，因為她們倆都是美人，在店裡特別受到注目。店經理就非常喜歡纏著安妮，可是安妮跟美惠都喜歡跟我在一起，我向來以為自己沒有女生緣，或許在那種特殊場合裡，我看來很無害吧。每天上班前，安妮都會騎摩托車來找我，一起吃遲來的午餐，吃完東西，小聊一會，才一起去上下午三點的班。美惠很熟悉ＫＴＶ的各種措施，當時副理為了會員卡的事苦惱，美惠一下子就看出問題，協助他把入會資格弄好了。此後下班，副理都會帶著我們去吃消夜，安妮，美惠，我，副理，還有一個服務生叫小馬，小馬很機靈，每次到包廂去，客人沒喝完的ＸＯ跟白蘭地威士忌等好的酒他立刻收起來，都堆在茶水間裡。

店裡規定不能收小費，但我需要錢，客人給我小費我立刻塞進制服的裙子裡。有一回下班大家說要去唱歌，那時我很納悶，剛從ＫＴＶ出來還要到另一間去，那豈不像加班了嗎？可是我也沒拒絕，跟著大家去了，因為隔天公休，大家唱到中午才罷休。那次唱歌讓大家知道我擅長對唱，我們店裡沒有坐檯小姐，有時來了大人物說要男女對唱，副理就叫我去應付一下。我握著麥克風站在門邊，陪那些客人唱歌，唱的都是〈雙人枕頭〉〈雪中紅〉之類的臺語歌，客人高興了，就給我小費，一次一千元，我全都塞進口袋裡，下了班就給副理兩百，讓大家買點心吃，人人盡歡。

那段時間，我與男友疏離，他始終覺得我在浪費生命，我有我自己無法向他傾訴的心願，我想存二十萬，然後專心寫小說。當時在ＫＴＶ工作，薪水加小費一個月能賺到四萬多，我預計做半年就辭職，什麼苦我都可以忍受。

那時我的世界變得很小很小，就是每天陪我吃午餐的安妮，以及茶水間裡聊天的美惠。美惠有很多心事，在酒店上班的母親養著小男友，小男友時常對她毛手毛腳。美惠說母親愛美，非常怕老，對於女兒日漸成長竟然感到威脅，美惠給我看她們母女的照片，照片裡真的是姐妹一樣的一對母女。母親非常貌美，可舉止妖嬈，跟美惠全然不同。美惠對我說，她對男人厭惡，這輩子大概不會結婚，她說著說著笑了，「可是我這個工作如果不做了，可能也要去酒店上班。」我問她為什麼，她說：「討厭男人，才賺得到他們的錢。我想趕快存夠錢，自己搬出去住。」安妮與美惠不同，安妮有個男朋友，一直想娶她，可男朋友比她小，她家人不答應，安妮私下對我說，其實她還有一個男朋友，比她大上很多。「我媽都罵我，長這麼漂亮，交男朋友卻沒一個正常的。」

我問她為什麼？她吐了一下舌頭說：「算命的說，我這種長相，沒有正桃花。」我驚訝問她：「妳都聽算命的嗎？」安妮說：「不是我愛聽，是他準啊！」

副理後來知道我謊報學歷，履歷上我寫著高職畢業，其實我是大學中文系的，副理告訴我說他也是大學畢業，正在存錢想要考研究所。他對我有種惺惺相惜的感情，對於經理的作威作福頗有微詞，這些那些，我也是聽聽而已。

我感覺自己就像一塊海綿，別人說什麼，我都只是安靜地聽。我正在感受世界的複雜，還來不及做判斷。大家都問我：「大學生，妳來這裡幹嘛？」我笑笑不語。他們不知道我已經找遍了工作，這世上根本沒有適合想寫小說的大學畢業生可以做的工作。能到ＫＴＶ當服務生超過三個月，我已經很滿意了。

晨昏顛倒的日子我以為至少可以維持半年，讓我存夠了錢辭職去寫作。第四個月開始，安妮突然曠職了，我打電話給她，她說，她去洗手間時被經理強吻了，她害怕得不敢來上班。我去告訴副理，副理也很生氣，但大家都拿不出什麼辦法。隔天安妮來上班了，原來是經理送了好大一束花給安妮賠罪，一切又都如常了。

隔週，換成美惠離職了，我打電話給美惠，她約我去她家見面，她家離店裡不遠，是個兩房小公寓，屋裡有一種熟悉的氣味，那是胭脂加上酒精與香菸的氣息。她母親穿著漂亮的睡衣，一臉蠟黃，雖然仍有姿色，卻顯得憔悴。美惠正在收拾東西，她說找到房子了，要搬出去，母女倆鬧得很僵。美惠把我找到房間去，送給我一個很漂亮的打火機，說她要去酒店上班了，我不知該回送什麼，她突然抱了我一下，好像想說什麼，卻也沒說出口。「以後常聯絡吧！」我說。那之後我再也沒有她的消息。

有一日我去上班時，過馬路不小心被迎面來的摩托車撞了，人沒大礙，只是膝蓋受了傷，急診室的實習醫師不知為何把我整條腿都裹了石膏，說三個月不許亂動。上了石膏我一個人就無法生活了，副理叫計程車把我送回老家，爸媽看見我的石膏腿還以為我骨折了，我跟副理說，等我腿好了再去上班，我爸生氣地說：「要去ＫＴＶ，還不如去夜市擺攤。」

後來在街上的診所，醫生把我的石膏拆掉了，說膝蓋無礙，腿也沒事，休養一陣子，皮肉傷好了就能走。

我在家裡住了兩個星期，完成了一篇短篇小說，就又回到我的小套房去了。

後來我不曾再見到那間店裡的人，但經過那棟雙子星建築，我偶爾會想起在二十六樓的那家奇妙的ＫＴＶ，想起我那間廢墟裡的小套房，想起打工的歲月。我記得當時有一陣子上班到凌晨五點，騎著摩托車回家的路上，周遭一切都還濛濛的，天色逐漸要變亮起來，我一直想著這樣的生活要到什麼時候才會變好？但我想不出答案，我只是騎著我的火鳳凰，在清晨或黑夜的街道上奔馳，我心裡有很清楚的聲音在喊著，這是屬於我自己的生活，不管多麼辛苦，我都要寫小說。未來遙遠而不可測，小說也像一個不可能的夢，可是我繼續奔馳著，在通往未知的馬路上，我繼續騎著車，感覺前方越來越渺遠，神情漸漸恍惚起來，我想我可能太固執了，但除了固執，我也沒有其他東西了。

第十五章

少女的祈禱

自從十八歲開始寫小說，我彷彿為了寫作而生，也為寫作而活。大學畢業後，父母對我抱著莫大期望，以為我會去當老師或公務員，卻發現我一事無成，除了一些混亂的戀愛，就是一些不知所以的打工。我在KTV當服務生、在餐廳裡端盤子、在藝品店當店員，時常遇到公司倒閉、老闆欠債，我身上總是只有幾千塊，付完房租就見底。我沒有發表作品，寫了小說就往抽屜塞，到底怎樣才能成為一個作家，我完全沒有想法，好友W問我打算怎麼辦，彼時她已經看到中文系畢業的局限而轉向IT產業，後來也真的賺了很多錢。有些人知道我在寫小說，但我的小說驚世駭俗，連親近的同學看了都臉紅，我知道自己的作品爭議，恐怕找不到出版或發表的機會，連試一下的打算也沒有。W說要將我的小說打字存檔，我將副本寄給她，沒想到她偷偷幫我報名了文學新人獎，我知道那個獎，那本文學雜誌我也買過幾本。

第二次在工作的地方出車禍，因為腳趾骨折，不方便騎車，只能回到鄉下老家休養，我索性就辭掉工作搬回了家裡住。那段時間爸媽在流動夜市擺攤，每天下午四點多出攤，夜市裡有許多常往來的朋友。當時景氣大好，夜市生意比開服飾店還好賺，從我大二到畢業後幾年，是我們家生活最安穩的時候。家裡攢了錢，父親醉心於音響的收藏，也收藏石雕與石壺，他把從服飾店搬回來的魚缸換了大缸，養過紅龍、銀龍以及各種罕見魚類，最奇怪的一次是爸媽到嘉義夜市擺攤，以兩萬元買了一隻娃娃魚，養在三樓的房間裡，娃娃魚從不鳴叫，只會發出窸窣的抓爬聲，養了三天就死了。

客廳裡總是會聽見魚缸加熱器的低鳴聲，後來父親覺得這種低頻會影響到音響的表現，就把魚缸撤掉了。

我從臺中租屋處回到家，爸媽就把三樓的主臥室讓給了我，我有一張骨董書桌，有成套的音響設備，還有一臺電視機。臥室外頭是露臺，我總是在女兒牆邊抽菸，我流浪太久了，這個三樓加蓋的臥室與露臺相較於臺中的出租套房顯得像天堂。我每天睡到中午，跟爸媽吃頓午餐就上樓寫作。我們家在二樓客廳吃飯，媽媽每天都會燉煮排骨湯，他們出門擺攤，我繼續寫作，餓了就下樓把湯熱一下，配著白飯就能再吃兩碗。那時我非常清瘦，只有四十公斤，可是我每天要吃三碗白飯，在外租屋時因為節省，總是吃不飽，回到家在媽媽的餵養下總算能吃個飽了。

那段時間是畢業後最平靜的時光，我再也不必騎著摩托車到處跑，再也無須流浪在各種我不擅長的工作裡，擔心能不能拿到薪水。或許因為各種因緣際會，我感覺自己有好多東西想寫，我用男友送的白金牌鋼筆，在筆記本裡寫作，寫完初稿，就謄寫在天鵝牌六百字稿紙上，每寫完一個短篇，得謄寫好幾次，所有版本的稿子我都用檔案夾收存，每一篇小說都有厚厚的一疊手稿，整齊排列在父親為我訂製的書架上。寫作彷彿一種儀式，儘管無人知曉，卻是支持我活下去的方式。每天寫到黃昏時，我會在露臺上休息，我望著遠方，看著夕陽西下，茫然不知未來在哪，可是腦子因為寫作激烈燃燒，我得這樣放空自己，才能讓身心安靜下來。

我曾經在寫一個短篇結尾時遇到停電，就把稿子帶到露臺上寫，為了追逐天光，我把稿紙不斷往外挪，寫到最後一段時，我的身體已經掛在女兒牆的邊緣，我把稿子伸到牆外，就著最後一點日光，把結尾寫完。寫完那篇稿子，我感覺自己體內有些什麼不一樣了，我說不上來那種變化，彷彿經歷了生死疲勞，又得到了重生，我激動得在露臺上打轉，連抽好幾根菸。那時我有一隻白貓叫做咪咪，我緊緊抱著咪咪，像要揉碎什麼，也像要把什麼揉進我身體裡那樣，我咕噥著說，我要寫小說，我就喜歡寫小說。男友來到我家，見我神情怪異，問我怎麼了。「我要當小說家。」我跟他說。「妳怎麼了？」他問我。「我覺得這次可以了。」我說。「妳是說小說嗎？」他問我，我點點頭。「那妳唸給我聽吧！」他說。我拿起稿紙，開始讀稿，屋裡好安靜，只聽到我朗讀的聲音，以及他抽菸吞吐的嘆息聲，我不知道我讀了多久，我們倆一直維持著這樣的姿勢，偶爾貓會跳上我的腿，然後又跳下去，我感覺喉嚨啞啞的，因為讀到某些抒情的段落，我的聲音會變得低沉些。時間無聲地經過，菸灰缸滿了，我唸完最後一個句子，然後把稿子闔上。

他的眼睛溼溼的，「我不太懂小說是什麼，可是我覺得很好。感覺心裡被塞得滿滿的，說不出來那是什麼，讓我想到好多往事。」他突然抱著我說：「好好寫作，什麼都不要管。」每個人都要我去賺錢，只有他叫我寫小說，我在他的懷裡感覺到虛脫，也覺得安心。我個性好強，從來不哭泣，那一刻我從前心裡模模糊糊的想法變得很清晰，我感覺我這一生想要過的就是這樣的生活，有一個小屋，和一個露臺，養一隻貓。我要從早到晚寫小說，要看著夕陽落下，要趕著最後一點天光把句子寫出來，六百格稿子就是我的全世界。

那之後不久，我到豐原的三民書局去買書，無意間看見了那本文學雜誌，封面上寫著「小說新人獎決審全紀錄」，我躡手躡腳走過去翻雜誌，無意間翻到了我的小說篇名，好像入圍了決賽。我匆匆看了一下決審過程，不知為何，沒有進入第二輪討論，當然也沒有獲獎。

我騎著摩托車回家，心裡有種「那也是必然」的無奈，W幫我寄出的那篇稿子寫於大四畢業前，我自己非常喜歡，可是我給室友看，他看第一頁就臉紅了。小說的第一頁就是大膽的性愛描寫，連我自己都不知道我為什麼寫出這樣狂放的段落。

沒得獎也不要緊，我依然日日過著寫作讀書的生活，爸媽沒有催我去上班，我就索性賴著，偶爾我會到夜市幫忙，爸爸問我要不要乾脆去賣衣服，我想了想，說，再等我一下，我心想，再寫兩個短篇，我就去擺地攤。

某日下午，父母都出門了，我接到一通電話，那是一個很溫柔的女生，問我是不是某某某，說我參加了他們的比賽，我說是。「雖然妳沒有得獎，」她說，「但我們都覺得妳寫得很好，很有潛力，妳還有沒有其他作品，可否寄給我看？我們想出版妳的作品。」後來她說了什麼我記不太清楚，我只記得掛掉電話，我把抽屜裡的稿子拿出來，有四個短篇一個中篇。我把稿子攤在床上，想著她說的那段話，那到底意味著什麼呢？我的小說可能會被發表在雜誌裡，甚至有機會出版了，我本來三十歲才要去想著發表的事，提早發生了。

我想起曾經有一個非常愛我的男人，總是在夜裡來找我，他要喝得很醉很醉，才有能力打電話給我。每次我都在睡夢中把他喊醒，要他在凌晨的時候開車送我回家，車子駛入天光將亮的道路中，會有一段朦朧的時光，街上好像飄著薄霧或者細雨，前方總是濛濛地看不清楚，我感覺我們可能會在這條路上把命送掉了，因為我生命裡某些無法言說的悲傷，我總是傷害愛我的人。有時他會抓著我的手，絕望地說，「為什麼妳這麼奇怪呢？為什麼妳這麼奇怪我還是喜歡妳？為什麼我們沒辦法在一起，也無法分開？每次我一個人開車從這條路回家，都覺得好想死。」

「因為我在寫小說。」我好像是這樣回答他的。

「寫小說也沒關係啊，不要那麼奇怪就好，不要明明活得那麼痛苦又笑得那麼開心。不要摧毀妳自己，妳這樣我會心碎的。」他說。

接到出版社的電話，我突然想到他，我在想，如果有一天我的小說出版了，我會不會變成一個比較好的人，我是不是就能夠釐清我的情感慾望，知道如何去愛，如何離開，如何選擇，如何放下。如果我變成了一個真的小說家，我是不是就有機會變成一個不會讓人絕望得想死的女孩？

床上散亂的稿紙寫著滿滿的字，但小說裡沒有答案，我覺得好累好累，可是身體裡又充滿了力量，像奔跑了好幾個日日夜夜，終於看到了荒漠裡有一棵樹，可以在樹下休息。我躺著，有一點想哭，但終究是不會哭出來的，往事飛快在我眼前盤繞，有很多該哭的時刻，但我一次也沒哭，那些眼淚全都化成了文字，變成一篇一篇小說。我終於明白了，在母親離開那天，生命突如其來的轉折，讓我擁有了不能向他人訴說的祕密，這個祕密將在我身體裡不斷地發生變化，成為我的恐懼與我的夢想，這個祕密在我身上打穿了很多洞，每一個洞都會變成往後生命裡的一本一本小說，恥辱與悲傷、絕望與夢想讓我成為了一個寫作者，只有文學的世界可以收容我，那些散亂的文稿變成了被褥，包裹著我，我閉上眼睛，我還看不到未來，前方只有模模糊糊的一個方向，至少那裡有光，是黑暗中唯一可以朝向的去處。

讓我好好寫作吧，我將手握在胸前祈禱，即使我沒有信神，我依然衷心祈求著。

第十六章
暴風雨

自小我就是父母眼中「會賺錢的孩子」，小時候開始站上夜市的攤位，是因為爸媽拚命叫賣把嗓子喊啞了，只能派我上場。武場生意最需要的就是叫賣，第一次上臺我是硬著頭皮拿起麥克風大聲喊，臺詞都是從媽媽那兒偷來的，心裡很慌張，但效果卻很好。經過幾次練習之後，爸媽發現我好像有賣東西的天賦，小小一個女孩，握著麥克風，被人群圍得滿滿的，嘴裡左一句右一句都是天花亂墜的話術。沒有人教我怎麼賣東西，但我就是能招攬客人，把衣服賣出去，有些客人喜歡看我叫賣，變得像是粉絲，會固定來買衣服，每次都在臺下喊叫：「小不點，喊大聲點，聽無啦！」惹得眾人大笑。

爸媽看我上場效果好，每到週末或假日，都會有我專場叫賣的時間，後來甚至就讓我獨當一面，自己去菜市場擺攤。附近的商家都知道我們店裡有個擅長叫賣的孩子，有時我去店裡買東西，大人還會給我糖果跟餅乾，摸摸我的頭，說我很聰明，誇獎我乖。他們甚至會帶著自家小孩到我們店裡來參觀，要孩子們學學我，年紀小小就會幫忙做生意，才是好孩子。童年時代的我，對於自己做生意的才能沒有自覺，有的只是想幫爸媽賺錢還債的長女心。為了幫助還債，減輕負擔，爸媽要我做什麼我就做什麼，我有點人來瘋，上場握著麥克風時講話天花亂墜，一下臺就變成安靜的乖小孩。上了中學以後，懂得了害羞，就沒辦法像小時候那麼放得開，加上聯考壓力，我成了滿臉痘痘，非常彆扭的國中生，要我上臺扯著嗓子喊叫，我死都不肯，爸媽都很失望。

長大後讀完大學，我沒有能如父母期望中那樣去找一份教職或公職，或者什麼比較體面的工作，輾轉在咖啡店、餐廳、畫廊、ＫＴＶ當服務生，時常遇到公司經營不善倒閉，薪水有時也拿不到全額，再加上兩次騎摩托車出意外，第二次車禍後，在家休息幾個月，爸媽終於看不下去了，要幫我找工作。

爸媽夜市的朋友之中，開始興起一股做手錶寄賣的風潮，那時市場剛興起，仍是一片藍海。最初是夜市賣手錶的夫妻第一個創業，他們一年後就買了房子，賣皮鞋的扣桑、阿快也轉業下海，開始經營鐘錶寄賣，阿快看我大學剛畢業似乎工作沒著落，便找我去當他們的業務員。

合作方式很簡單，本錢公司出，我是業務，收到的貨款扣除成本對半分，當時買賣手錶利潤很高，因為競爭少，店家生意都很好。我不會開車，因此與當時的戀人一起當業務，開著一輛車到處招攬生意，做手錶寄賣。彼時不曾見到除了鐘錶店以外的地方販賣手錶，我們帶著一車廉價手錶去兜售，那些手錶被組裝在一個一個貨架，每個架子上吊掛著三十六或四十八個手錶，我們要去找個有人潮跟買氣的商店讓我們寄售。一開始我遞上名片，跟店家介紹我們的業務，他們總是很納悶，我們是雜貨店怎麼會賣手錶呢？我就要使出三寸不爛之舌，向他們推銷。

「就是因為大家沒想到超市會賣手錶啊，你看這些手錶放在櫃檯旁邊多漂亮，客人結帳的時候總是要等，等的時候小朋友隨便轉一下，看到這個熊貓好可愛，你就趕緊拿出來給他看，讓他試戴。一個音樂錶才一百五，跟買玩具一樣，大人就會買給他。看完卡通錶，太太想說唉呀這個石英錶很漂亮，要不然也試戴看看好了，一個才三百九，就這樣一邊等結帳一邊參觀，說不定結帳時就買了好幾支。」

「可是我們不是鐘錶店啊，我怎麼會賣手錶？」店家疑惑問道。

「你不需要推銷，就讓客人自己挑自己看，賣手錶不需要專業。你看這鄉下地方，鐘錶店手錶賣得那麼貴，我們的手錶又漂亮又便宜，把手錶展示出來，就讓客人結帳的時候隨意看一看，如果想要試戴，你就幫他拿下來，給他戴戴看。客人戴上去發現很漂亮，喜歡就會買，不喜歡再放回去就好，根本不需要推銷。這樣不知不覺每個月就可以賣掉很多，三七分帳，都是淨賺。你們只要出個地方，也不用出本錢，讓我們試一個月看看，如果生意不好，或者有什麼麻煩，打個電話給我們帶回去，一點麻煩都沒有。」

「可是我不會修手錶，故障了怎麼辦？」店家好像有點心動，又怕麻煩。

「不用擔心，我們手錶背後都有貼一個公司的貼紙，只要貼紙還在，沒電或故障，看是想要換新的，或是要我們來修理，都可以打上面這個維修專線，三天內我們就會來處理。」

我一邊跟店家解釋，情人一邊在櫃檯上挪東西找位置，我總是跟店家說：「這個一定要放在櫃檯上，一來這樣方便打開櫃子拿手錶，二來也是怕人家偷。」

店家聽到這裡，又焦慮地說：「如果被偷了怎麼辦？」我就要趕緊解釋：「不用擔心，我們這個都有防盜裝置，要試得先剪開束帶，要是真的被偷了，你記下來，公司會負責，不會讓你損失。」

如此一番來回，不出十五分鐘，我已經把手錶擺在店入口最明顯的櫃檯旁，讓店家簽下貨單，繼續前往下一家了。

我們的目標就是那些散落在中南部各鄉鎮的雜貨店、五金大賣場、書店或連鎖超市，每到一個鄉鎮，都會先找最熱鬧的地方，只要有人潮，就有潛在客戶。那時節夜市裡也還不常見到有人在賣這平價手錶，寄賣的生意對老闆來說也很新鮮。我們每天出門，遞送名片，費心解釋，幾乎都能成交十家以上，我到公司上班，短短一個月之間就招攬了一百多家客戶。一百多家客戶分成十條路線，每個月只要定時去收換手錶、收取貨款就好。阿快跟她丈夫對我滿意得不得了，我們找到的店家往往都是生意最好的，商家雖然沒賣過手錶，可是經過一兩個月試賣，幾乎都可以賣上五六千，甚至上萬元，扣除成本跟開銷跟公司對半拆帳，我們每個月可以輕易賺上五六萬，分下來一個人還有個兩三萬。剛開始的時間，我過得很愜意，情人開著車，每週三天帶著我中南部跑透透，我們每到一個地方除了補貨換貨收帳，還能安排小吃之旅，偶爾到了彰化、鹿港、雲林，還能到朋友家泡茶。

除了寄賣手錶，爸媽還讓我們帶衣服到夜市去擺攤，多年沒有賣衣服，我的功力還在。我們在臺中的黃昏市場擺攤，或者到夜市插花找位置，爸媽賣什麼我們就賣什麼。那時年輕氣盛，情人總是跟我說，賺夠了錢妳就可以安心寫小說，他就像我爸爸一樣，安靜勤勉。他負責開車擺攤補貨，我負責叫賣殺價攬客，我們在西屯黃昏市場擺攤，爸媽批來的女士套裝各種奇形怪狀，一套三百九。我站在臺上試穿給客人看，那些來買菜的太太很喜歡看我在臺上快速換裝，看我半調戲似地給客人介紹這套那套，「妳看這花色最顯白，妳看這個小背心加上小外套，可以遮手臂，還有這個短裙腰身一束身材都出來了，妳轉一圈看看，漂亮得回到家老公都不認得。」「這個我穿一定太緊啦，肚子肥肉都跑出來。」「什麼肥肉，什麼太緊，美女，這個叫做豐滿妳知道嗎？這個上衣剛剛好就有多一小截，可以把妳的腰身遮一下，哎呀，妳看，這不是剛剛好顯得腰細屁股翹嗎？」

我好喜歡跟那些婆婆媽媽東拉西扯，喜歡看她們買了新衣服要塞在買菜的袋子裡以防回家被老公發現。我喜歡看旁邊豬肉攤的阿珠看到我們生意賣翻天，趁著客人少的時候趕緊把手洗一洗，溜到我們攤位上用手指著貨架上一套洋裝指名叫我幫她留起來，我當然說好，笑著說：「還有一套綠色的要不要也包起來？」阿珠笑得眼睛都瞇起來，好好好，我穿得下吧，不要騙我喔。「怎麼敢騙妳，穿不下給妳換兩套好不好？」我笑笑說。感覺自己比隔壁賣熟食的阿正叔叔還要豬哥。

我對女人有一套，因為我自己就是愛漂亮愛買衣服的女人，我們在黃昏市場生意好得不得了，驚動了我爸媽，爸媽感嘆說：「我們時代過去了。」「這孩子沒有什麼東西是她賣不掉的。」

好像是為了考驗我似地，爸媽批來各種奇怪的貨品，比如有次以一件三十五元的價格批到一批一萬件的女裝，裡面從百貨公司剪標的T恤、洋裝，外套，到奇怪Logo的仿冒品，以及超過兩千件牛仔褲牛仔裙。我們先分類，從上衣一件一百五、褲子二百九開始賣起，那時候為了銷掉這批貨，光是賣黃昏市場根本不夠，我們只好也跟去東勢的菜市場擺攤，那個菜市場是我的童年夢魘，如今卻成了銷貨的重點位置。因為要早起，為了占位置，我們還曾經夜裡開車到東勢，直接睡在車上，等第二天早上看哪裡有空位可以做生意。

最瘋狂的一次是賣牛仔褲，我們租了一天六千塊的精華位置，千百件牛仔褲堆得像山一樣，我站在牛仔布料堆中，腳步幾乎動彈不得。八點鐘，人潮開始湧進來，我握著麥克風大聲叫賣，我想我大概編派了一整個西部牛仔下山的故事吧，從開場時牛仔褲一件兩百九兩件五百，客人就像失心瘋似地在貨堆裡翻找，然後就地試穿，我一直大叫著：「拿二十九吋高腰兩件，二十七吋喇叭褲兩件，三十二吋一件。」「S號兩件，L號三件包起來。」「再包XL三件，要買要快，高腰喇叭褲只剩五件了。」我們像是報明牌那樣喊著數字，許多個捲尺在客人手上傳來傳去，每個客人都努力吸氣然後丈量自己的尺寸，但即使尺寸不合，因為貨色漂亮，價格便宜，就失心瘋地買了一件又一件。

隨著正午太陽越來越熱，顧客的汗把妝都弄糊了。我又渴又累，穿著短洋裝，下面套過一件又一件褲子，要試穿給客人看的。那時候我才四十二公斤，腰只有二十四吋，我個子矮可是腿很漂亮，客人就滿心以為我穿起來好看她們穿也會好看。我會挑數量多的款式穿，得把那些最難賣的快些賣出去。牛仔貨堆越來越矮，滿地都是拆開的塑膠袋，我的腰包裡滿滿都是錢。

那天我們賣到整個市場最後一個收攤，爸媽來我們攤位，看到架上剩下那麼少，問我，有沒有賣掉八百件？最後我們打包算帳，那天賣掉了九百多件。

「真是會賺錢的孩子，下半輩子要靠妳了。」我聽見媽媽嘆息著說。

我因為一種過嗨的熱情忽略了警訊，我滿心以為只要賺夠了錢，就可以安心寫小說。

本來當業務員一個月悠哉送貨個十來天就能分到兩三萬的生活被破壞了，除了送貨的日子，我們像瘋了一樣去擺攤。菜市場、黃昏市場、夜市，爸媽因為有了我們這股生力軍，可以以量制價，大批買斷談到更低的價格，但因為買斷的壓力，我們也必須更快地銷售。那時，我幾乎天天都在工作，後來我們甚至每週五跟著爸媽跑到嘉義的體育場夜市去賣東西。那真是長途奔襲，每週五下午就出發，開兩個小時車到嘉義，收攤回到家都快要深夜三點了。漫長的車程，激烈的叫賣，以及回程時的疲憊，小時候我常見父母這樣來回穿梭，記得回程時我們總是必須要在休息站停一下，讓爸爸小睡，媽媽跟我們去上廁所，買點消夜吃，如今換成我跟我的情人停靠在休息站，回程時我的嗓子都啞了。

有一回，不知道為什麼我爸爸批了三百箱加州李回家，那時沒有人知道那是什麼東西，吃起來酸酸甜甜，我們圍著那些紙箱發傻，心想我們家不是賣女裝嗎？又不是水果商，怎麼賣加州李？「放心，妳一定賣得出去。」爸爸說，媽媽點頭附和。

那是個難忘的夜晚。我們開車一路奔馳到嘉義，在體育場外的夜市擺好攤子，我們的攤位很小，就是架起一盞燈，旁邊堆得高高的紙箱。我站在板凳上，拉起麥克風大喊：「你們有沒有聽過加州李，搭美國航空母艦飛過來的加州李，咬一口保證好吃到頭皮發麻，你這輩子都沒吃過的好東西。」我已經忘了細節，但是我們把加州李切得小小一片，分給在場的客人試吃，我又在一旁胡說八道，那個航空母艦怎樣在二十四小時內把加州李飛送過來，是臺灣第一批直飛的加州李，只有嘉義最尊貴的客人可以吃得到。旁邊有個大叔笑說，航空母艦不是用飛的啦！另外一個大哥笑說，啊你是坐過航母母艦？你啊災不是用飛的過來，不然是用游泳嗎？「對，我們這個加州李不但搭航空母艦，還會游泳，穿過臺灣海峽，加勒比海，地中海，黑海，還有管他什麼死海活海，反正就是游過鹹鹹的海水，所以甜滋滋，甜蜜蜜，甜到你受不了，臺灣第一甜，保證你沒吃過那麼甜那麼大的李子。」我打蛇隨棍上，客人說什麼我都能掰，大家一邊笑一邊打包付錢，加州李的生意好到旁邊攤位的三舅媽都要過來幫忙打包。

一顆加州李三十塊，一箱二十顆，我們一個晚上賣掉了三百箱。沒有人聽過的東西，被我一個晚上完銷了。

我擔任鐘錶寄售業務的第二年，因緣際會跟出版社簽了約，出了我的第一本小說集。我的小說充滿爭議，但銷售成績不錯，很快就成名了，那年年底還出版了香港版的《惡女書》，很快也有澳洲的學者研究我的小說。我人在鄉下，卻開始有些採訪，講座，甚至接了第一個專欄。那時我每週的專欄都是在顧黃昏市場的時候寫的，市場對面有家咖啡店，生意冷清的時候我就跑去咖啡店寫作，看到攤子人多起來就趕緊跑回來。隔年我又出版了《夢遊 1994》，當時有好幾家出版社跟我邀約，想出版我的書，但我的生活非常忙碌，根本無暇寫作。

我們寄賣的店家已經高達兩百家，那還是因為成本太高，汰舊換新，公司只給我們兩百家的扣打。當時同業裡已經有人買了店面，開了分公司，我父親見獵心喜，一直想要自己創業，剛好遇到老闆刁難我們，父親把心一橫，標了兩個會，跟服裝批發商改開三個月支票，湊足第一個百萬，在一九九七年自己開設公司，把阿快派發路線上的兩百家店頂下來了。

這是我完全沒想到的轉變，我本想跟戀人說要減少工作量，專心寫第三本書，可是父親卻跟戀人一起做出了創業的決定，我想，一定是因為我太會做生意了，一輩子想翻身的父親，在我們童年破產之後，再度創業了。

那時手錶寄售的生意已經有很多競爭對手了，我們把路線延伸到更遠，從彰化、雲林、臺南、高雄，甚至跑到屏東、臺東、花蓮、宜蘭，最遠時，曾在三天內環島一圈。

那時生活對我來說已經完全被工作占滿，出去招攬業務也有很多挑戰，我們總是遠遠看到紅色的開幕彩球就要下車，沒想到一進去櫃檯上已經有了其他家手錶專櫃，我依然硬著頭皮遞上名片，只要沒有被店家立刻趕走，就還有一點希望。

「我們已經有賣手錶了。」店家說。

「因為是寄賣的，其實多一櫃客人有更多選擇，更容易賣呢。」

「我們又不是鐘錶店，擺那麼多手錶能看嗎？而且櫃檯不夠大。」

這時我用眼神示意情人把我們的手錶跟專用的三層櫃拿進來，把手錶櫃子放在三層櫃上，高度剛剛好。

「你看，這樣等於延伸出一個小櫃檯，下面都可以放東西，也不占地方。」

「而且，有兩家的貨色可以比較，款式不是變多了嗎？況且兩家互相競爭，售後服務，票期，都會比只有一家來得好。」店家好像在猶豫，我就開出更好的條件，

「就讓我們試賣一個月，有任何不滿意我們立刻收走。」

店家也就答應了，通常這一放，很少短時間內會叫我們拿走。

我總是想著，不怕客人嫌，嫌貨才是買貨人，只要他提出問題，沒有解決不了的。我們公司開張不到一年，店家擴增到三百多家，父親母親樂開懷，情人也很高興，只有我開心不起來。三百家店，意味著我們已經增資到兩百四十萬了，況且各家廠商削價競爭，那時利潤已經不到三成了，而且三百多家廠商，一家一個月到兩個月跑一次，每天也要跑十幾家，意味著我們根本沒有時間休息。

後來的鐘錶業務對我而言，成為了生活裡最沉重的包袱，它吃掉了我所有的時間與精力，我雖然是超級業務員，可以賣掉任何東西，但我內心裡卻只想要寫小說。那時我已經出了兩本小說，生活卻突然被生意工作給占滿，我終於清楚意識到，我不喜歡做生意，我不想要賣東西，雖然我具備這些天分，但我更珍惜自己寫作的天分。即使那時寫小說還賺不到錢，可是我心中已經非常清楚，以前那個愛賺錢的孩子，賣東西是為了生活所迫，後來那個超級業務員，其實是想幫助本來做非法電玩的戀人轉業。我一直都為家人與戀人而活，但寫作是為了我自己，只有寫小說這件事，是獨屬於我，非我不可的事。

那時，我經常在漫長的車程裡，坐在貨車助手席上，一邊聽著廣播，一邊想著小說情節。我們每次出門就是十個小時的車程，有時到南部或東部，夜裡都住在汽車旅館，那些旅館大多在馬路旁，鐵皮搭建，裝潢俗豔，樓下車庫停著貨車。我們到旅館都十點多了，還要把手錶櫃子搬上樓，一邊看電視一邊清潔櫃子跟手錶，直到十二點或一點，睡前我會用旅館的小燈寫日記，我醒在陌生的旅店裡，感覺生命不斷流逝，時間隨著櫃子裡的手錶不斷消逝，我好想寫小說。

做生意就是冒險，寄賣的生意看來賺頭很大，可是風險也很高，我們曾經遇過好多次倒閉或詐騙。比如在彰化有間超市，剛開幕時場面非常盛大，各家廠商送的彩球掛滿了店門口，老闆阿莎力，手錶專櫃一次就訂了三櫃，但隔一個半月我們再去時，整家店就只剩下一個空殼，地上都是掉落的彩球，很多業務都在門口等待，原來那家店的老闆跑路了！我們連一次貨款都沒有收到，就被倒了。後來我們詢問其他廠商，才知道這個人就是以開店作為詐騙，他開出去的支票都是空頭支票。我們也曾遇到一家新開的超市，剛開幕時手錶生意非常好，連續兩三個月都賣到一萬多塊，老闆跟我們下訂高級鑽錶，一次就訂了兩百支，總金額高達二十萬。當時我堅持要收現金，老闆開了三天支票說是現金票，戀人覺得老闆之前每次都付現金，三天票期也算很短，應該沒問題，但我心裡有不好的預感，果然幾天後支票就跳票了，等我們火速趕到現場，店家早已人去樓空。人心險惡，我自小就深刻體會，無奈戀人比我天真，他心比天高，一心只想賺大錢，活脫脫是我父親的翻版，甘於冒風險，就活該被騙。當時我們的資金早已吃緊，有幾次支票幾乎都要跳票，我還曾為此跟朋友借過錢。戀人深信本金砸得多，先把市場占滿，之後就會慢慢收成，卻不知道我們是靠著透支支票做本錢，根本經不起一點波折。有一次，在最缺錢的時候，突然有家專辦中小企業貸款的公司找上我們，說可以幫忙貸到兩百萬低利創業貸款，只要先付五萬元佣金，我與戀人爭執不下，父親也贊成去低利貸款，合約簽妥後，我每隔幾天就打電話去催，業務員人耐心又和善，跟我們解釋目前進行到哪，戀人抱怨我疑心病太重，成不了大事。十五天後我心裡有很不好的預感，催促戀人再打電話問問，結果一樣的事再次發生，電話已是空號，我們開車趕到時，那家公司早已淨空，剩下一間空蕩蕩的辦公室，地上有幾張名片，好似被人狠狠踩過。

做生意本就有風險，有賺有賠，但最可怕的還是那沒有止盡的投資，每一筆錢都是借貸。我感到那些投下去的錢都是我的命，是我將來必須無止盡償還的生活，到那時我早已厭倦了那一套業務員的話術，我想寫小說的渴望勝過了一切。我開始與戀人無止盡的爭辯，他說，再給我五年，五年後妳就可以安心寫小說。但那時候我什麼都不相信了，我們已經越陷越深，當時市場上已經出現很多同業削價競爭，投入的本錢要回收，五年恐怕也是做不到，更何況當時的我，精神危機就在眼前，我可能連五個月也熬不過去。現實就在眼前，支票票期彷彿奪命催魂，比任何事都重要。我開始變得非常麻木，每天上車下車、遞名片、開發票、記帳，我看似功能正常，還是一個能言善道的業務員，但我內心已經分崩離析，再一點點壓力就會完全崩潰。

漫長的車程裡，白天黑夜彷彿都沒有差別，不管收到多少錢，那些數字對我都沒有意義，我開始變得不愛說話，心神恍惚。幾次回程的車上，我突然胃抽筋，還沒回家，就直接送醫院急診。我身體出了很多狀況，但除了夜裡去急診，連去看個醫生的時間都沒有，高壓的生活讓我們兩個人長期處在冷戰狀態，我感覺這一場生意大夢已經把我們都吞噬了。

有一次高速公路大雨，滂沱大雨與不斷的閃電，讓路上的車子都停了下來，非常驚人的暴雨，我感覺那就像我遭遇的事，我也是一輛因為暴風雨不得不停下來的車，我不知道暴風雨何時會過去，我不知道自己什麼時候才可以開始寫小說，我開始計畫逃亡，但我不知道如果我離開公司，爸媽會不會再次破產？滂沱雨聲裡，我聽見自己心裡在哭泣，我望向窗外，灰濛濛的天色，路邊的小樹被風吹得搖搖欲墜，我心想著，我什麼都不想要，我只想要寫作，我緊握著雙手，感覺到手指都發痛了。

如今，我早已成為專業作家多年，偶爾聚會時，我會跟朋友說起這段經歷，大家都會驚呼：「妳好會做生意，沒想到妳有這一面。」此時我已經成為一個有二十幾本書的作家，我可以笑笑與人說起那些賣東西的往事，說起我怎樣天花亂墜，招攬客人，逗得大家好開心。「如果我也這麼會賣書就好了。」我笑說。沉重的往事如水，或許一輩子都會在我心裡流淌，然而我已經懂得如何去理解它，背負它，也懂得如何不被它糾纏束縛。

但我依然記得那場暴風雨，我也記得那時自己的慌亂與無助，記得那些年的猶豫掙扎，記得我費了多少心力才離開家，離開那些做買賣的日子。那場風雨中，閃電撕裂天空，好像隨時會擊中我們。我很害怕，可是我更怕的是送貨的日子沒有盡頭，我離小說越來越遠，我彷彿永生都會被困在那輛貨車裡，永遠地到處奔波。有時我不知道自己是怎麼離開了那場困局，終於回到小說的世界裡。我猜想，我也對自己施了一個魔法，用我的舌燦蓮花，哄騙自己穿過那場風雨，穿過人生的暴風，歷經萬難，終於走回到文學的世界裡。

夢途上・之四

我在醫院長廊上穿行，一重又一重的廊道彷彿沒有止盡，多年來常去的熟悉診間卻變得遙不可及，我與戀人在那長廊迷宮奔走，為的是找到乳房外科的診間，去做手術的拆線。

終於找到正確的診間，候診室人山人海，沒有位置可以坐，候診區很多女人頭包著彩色的布巾，臉色蒼白，看起來一臉病容，我知道她們布巾底下的頭髮已經落盡，是因為化學治療的緣故。

我胸口隱隱發痛，手術後的疤痕很癢，我到廁所去檢查傷口，一掀開衣服，發現左邊乳房已經全部剷平，露出碗大的傷疤，我驚駭不已，當時做的只是病變組織去除的手術啊，為什麼變成全乳切除，我在廁所裡忍不住驚聲尖叫。

手機的鬧鈴聲將我喚醒，早上十點鐘，我睜開眼睛立刻撫摸自己的胸乳，兩乳都在，沒有被刨去，我將衣服掀開，細細檢查著傷口，原本細細的縫線已經組織增生變得肥厚，摸起來有些痛，左乳上側有輕微的凹陷。

得知父親罹患癌症，是在二〇一八年底，妹妹在電話裡告知父親因咳嗽出血到醫院檢查，查出患有甲狀腺癌。我打電話回家，父親語氣淡淡的，只說醫生說還要再複檢。過了一週，做了各項檢查後，證實父親罹患甲狀腺癌第二期，不須手術，但要立刻做化療與放療。

二〇一五年底，我也因為乳房攝影檢查有異常而蒙上罹癌陰影，等待切片報告的日子裡，心神煩亂不安，一向有些迷信的我，還跟朋友去綁紅線，祈求轉運。每天睡前我都寫日記企圖釐清自己的心情，我記得當時我總想著我們家族沒有癌症病史，我應該可以倖免，然而最後開刀檢驗出來的組織是惡性的，那就是癌。

獲知父親生病後，我與弟弟、弟媳帶著他們的寶寶搭車回老家探望，聽說父親前日剛做完第一次化療，不顧眾人反對，堅持獨自開車去公園擺攤。那天我到家時，父親不在，母親眼睛有些紅紅的，看來是哭過了，她向來膽小，父親罹癌的事讓她驚慌失措。大夥在老家前空地，鄰居常泡茶的地方閒聊，看見父親開貨車回來，下車往我們這邊走來，一切彷彿如舊。父親坐下後，突然對我們說，往後不做生意了，要把貨物都處理掉。

我問他還好嗎？一向堅毅的父親突然說，剛才收攤時突然一陣虛弱，好像全身的氣力都放盡了。

想起久遠前父親因為開車打瞌睡偷偷搧自己耳光，想起年少家裡的服飾店生意好時，父親經常一天往來店鋪與中盤之間批貨補貨，感覺他每天似乎只是睡一下下就又上路了。長期失眠的他，只要早上要做生意，一定緊張到睡不著，但無論多麼忙碌，多麼疲憊，我不曾見過父親喊累叫苦，他的堅毅變成一種恐怖的意志，使得全家人也都不敢休息。到了老年，母親因為骨折後休養，不再陪他去夜市擺攤，只剩他一個人守著那個生意不佳的攤位，在各個夜市流連。這樣的父親，終於也對命運低頭，願意休息了。

此後，父親正式退休，開始治療癌症。

那段時間，我幾乎每個月都會回家，也時常打電話回家，父親自罹癌後退休，每日都帶著母親去家附近的公園運動，每天開車到醫院做化療，每次我問他還好嗎？他總是說還好。有些落髮，口腔潰瘍，吃東西不方便，要吃軟食，我訂購大量的安素寄回家，父親母親時間到了就各自喝一瓶安素，然後出門去運動。有次我回家，陪他們一起去公園走走，我跟母親因為聊天落後了，一回神，看見前方的父親背影是那麼蒼老，頹敗，我嚇了一跳，想不到癌症將他摧殘至此，一時間我感到一陣心慌。但不久後，父親從另一處走過來，我才知道我認錯了人，父親變得消瘦，可是他脊背直挺挺的，不是前方那個駝背衰老的人，但父親也七十歲了。

二〇一六年我因乳突瘤開刀治療，手術後醫生發現了乳葉原位癌，我到另一家癌症專屬醫院求診，醫生說在他們醫院來說，我只能算是癌前病變，甚至稱不上癌，所以只要定期檢查，不須做放療或賀爾蒙治療。那段日子，我檢視自己的生活與工作，才發現自己跟父親是那麼相似。我長期失眠，工作無窮無盡，即使二〇〇八年已經罹患自體免疫疾病，休養不到一年我即開始寫作，二〇一二年之後，我每年出國幾次，出書，宣傳，寫作，以及大量的活動將我淹沒，我從不叫苦，可也不知道喊停。

我一向最討厭父親的固執，結果三個孩子裡我最像他。

有一次我在臉書上滑到一篇文章，說癌症的生成有各種原因都跟情緒有關，文章裡還附有圖表。我比對了一下，據說得到乳癌與跟父母的關係有很大關聯，尤其是對父母的憤怒與埋怨。當時我還在癌症的恐慌裡，這文章彷彿雷轟在我腦中嗡嗚，我以為我沒有埋怨，心裡不曾有恨，可是我病了，惡性組織就在我的胸口，彷彿提示著我的內在情緒而我自己並不知情。

愛，恨，情，仇，貪嗔癡，我像觀察陌生人那樣觀察自己，我記得許多事，卻鮮少理解當下的我到底是何種情緒。我時常回顧過去，卻總是像看著別人的故事那樣看著自己。我記得，可是我不知道記得那些事的我，是如何度過那漫長時光。在我的童年時代，彷彿突然被丟擲到荒野裡，四周都是豺狼虎豹，光是要活下去都很艱難，沒有心思注意自己的情緒，也無能留意這些事件的後遺症。

我自己就是個病體，所有病徵都呈現在我的小說裡。

除了寫作我別無依傍。

小說的世界才是我可以回去的世界。

我望著眼前蒼老卻努力求生的父母，想著我自己，我曾以為自己會在十二歲那年死去，後來我又以為我必然會在二十歲之前自殺。結果日復一日，年復一年，我攜帶著那個唯恐自己無法安然活下去的恐懼，熬過幾次重大的精神危機，經歷幾次重大手術，忙著處理肉體上的疾病讓我忘卻了精神上的痛苦，我忽然就度過了五十歲的生日，有許多往事想要回顧記憶都變得模糊了。

活著，比我想像中更難，也更簡單。

我生命裡的故事總是被我一再訴說，可是又無法說得完整，每一次記憶的提取都是片段，而每一個片段卻都有部分遺失，部分被扭曲。於是他們變得像是一種奇怪的圖畫，像是無數張畫面顯像不全的照片，你必須層層疊疊將它們疊加起來，透過彼此間的互補、抵銷、排除，才有辦法從那層疊顯像的畫面中，逐漸看到一個類似全景般的故事。經過了數十年的小說家生涯，我已經逐漸無法分辨我曾寫過的小說裡，那個被反覆搬演的五口之家，與我自己的家庭之間，具體的差異。當我使用所謂的散文筆法來描述往事時，我經歷的依然是那種彷彿走進霧裡，一次只能看見一點點，每次看見的都不一樣，那樣的霧中風景。我彷彿電影裡的小女孩拿起底片對著天光仔細凝望，企圖用意志力看清楚什麼，那可能永遠無法映現的圖像，變成了終身的追問。

散文更接近真實嗎？我不知道，倘若所謂的真實已經被生命無數的差錯所覆蓋，我努力描摹的究竟是什麼？我完全無法像寫小說那樣，寫出一個首尾一貫，線性的故事，關於童年，往事，每當我想要追憶，它總是被大量的夢境滲透，而存在其間的人事物，也因為其複雜的面貌，使得我難以編年記述，可是我依然想要書寫它們，為什麼呢？

我想，當我用某種方式書寫出來，它就會成為一種真實，它會成為那些難以言喻的事件，無法言說的祕密，以及終究已經被自己給消滅掉的記憶，一種擬真的形狀。彷彿產下一個故事，我就能夠透過那個故事還原某一部分的真實，我猜想當我收集夠多的故事，我就有能力將我心中那幾乎無法再現的往事，透過一種擴散的方式，慢慢將它釋出。

很長時間裡，我都覺得自己像是在十歲那年無意間躲進三樓房間壁櫥裡，就此封存在壁櫥的少女。永遠沒有人知道我躲在那兒，甚至我自己也不知道，而另一個我的替身，代替我走下階梯，走進真實人生，繼續存活，慢慢長大。

直到很久以後，我才記起那個被遺忘在壁櫥裡的少女，我回到老家，拿起梯子，攀爬上那個塵封的壁櫥，當我打開壁櫥時，那個少女才活轉起來，跟隨著我，走出壁櫥，與我合而為一。

至今我仍然無法確實地說，當初，到底發生了什麼事，後來我們都變成了怎樣的人。我唯一可以切實把握的，只有用力抓住那些一直在消逝的記憶，像從水中撈捕一份月光，將它丟進水盆裡，使之再現出來。

然後我知道，隨著這些被寫出的故事，使我成為了一個說故事的人。

Eurasian Publishing Group
圓神出版事業機構
用心與你對話．視野無限寬廣
圓神出版社
Eurasian Press

www.booklife.com.tw　　reader@mail.eurasian.com.tw

天際系列 001

少女的祈禱

作　　者／陳雪
發 行 人／簡志忠
出 版 者／圓神出版社有限公司
地　　址／臺北市南京東路四段50號6樓之1
電　　話／（02）2579-6600．2579-8800．2570-3939
傳　　真／（02）2579-0338．2577-3220．2570-3636
總 編 輯／陳秋月
主　　編／賴真真
責任編輯／吳靜怡
校　　對／吳靜怡．歐玟秀
美術編輯／蔡惠如
行銷企畫／陳禹伶．朱智琳
印務統籌／劉鳳剛．高榮祥
監　　印／高榮祥
排　　版／陳采淇
經 銷 商／叩應股份有限公司
郵撥帳號／ 18707239
法律顧問／圓神出版事業機構法律顧問　蕭雄淋律師
印　　刷／祥峯印刷廠
2022年9月 初版

* 本書獲國家文化藝術基金會文學創作補助

定價380元　　ISBN 978-986-133-836-1

我不知道沉默的父親如何將自己從一名木匠變成一個商人，
我更不理解秀麗的母親如何搖身一變，成爲拍賣場上大聲吆喝，
在夜市裡人人尊敬的大姐頭。這些事都在我年少還不解世事時發生了，
無論如何納悶不解，無論是情願或被迫，我也加入了父母瘋狂大拍賣的隊伍，
成爲一個賣東西的人。

——《少女的祈禱》

國家圖書館出版品預行編目資料

少女的祈禱／陳雪 著.
-- 初版. -- 臺北市：圓神出版社有限公司，2022.09
256 面；14.8×20.8 公分. --（天際系列；1）
ISBN 978-986-133-836-1（平裝）

863.55 111010357